光文社文庫

文庫書下ろし／CFギャング・シリーズ

ただ、愛のために

喜多嶋《きたじま》 隆《たかし》

KOBUNSHA

この作品は光文社文庫のために書下ろされました。

『ただ、愛のために』目次

プロローグ

足音で、目を醒《さ》ました。

爽太郎《そうたろう》は、ベッドで起き上がった。泊まっているモーター・インの部屋の外。かすかな足音が聞こえた。それが、爽太郎の意識を突ついた。起きろ、と注意信号を点滅させていた。

ベッド・サイドの時計を見た。午前2時45分。だが、カーテンの外は、すでに明るい。ここアラスカの夏は、白夜に近い。この時間には、そろそろ明るくなってくる。

爽太郎は、もう、ジーンズとTシャツを身につけていた。N《ニュー》・バランスのスニーカーを履く。枕の下に手を入れる。念のために、32口径のリボルバーをつかみ出す。ジーンズのベルト、その背中側に拳銃を差し込んだ。

イスの上に、デニム地の長袖シャツが脱ぎ捨ててあった。それをとり、はおった。いま泊まっているモーター・インの部屋は狭い。ものの四歩で、出入口のドアだ。

爽太郎は、そっと、ドアのロックをはずす。ゆっくりと、ドアを開けた。

ひんやりとした空気が、頬《ほお》を洗う。淡い朝の光……。となりの16号室の前に、男がいた。四〇歳ぐらいの白人男。太った体に、チェックのシャツを着ている。昨夜、ここの食堂兼バーで、サーモンのパイを食べ、ビールを飲んでいた男だ。トラッカー、つまり長距離トラックのドライバーだと言った。

彼は、となりの16号室のドアを閉じようとしていた。聞こえた足音は、彼のものだったらしい。彼は、使い込んだ青いバッグを肩にかける。爽太郎に気づく。低い声で、

「ハイ」

と言った。爽太郎も、同じ言葉で応《こた》えた。爽太郎が泊まっているのは、15号室。そして、逆サイドのとなり、14号室には美奈子が泊まっている。14号室のカーテンは閉じられている。美奈子は、まだ眠っているらしい。

「早いな。もう出発か……」

爽太郎は、男に言った。彼は、うなずく。

「きょう中に、フェアバンクスまで行きたいんでね」

男は言った。爽太郎に、軽くうなずく。駐《と》めてある自分のトラックに歩きはじめた。30メートルぐらい先。日本ではまず見ないような大型トラックが駐まっている。

助手席のわきでは、黒い大型犬が待っていた。きのうも、夕食をとっている彼のわきに座

っていた犬だ。彼が、助手席のドアを開けてやると、犬は、シッポを振りながら、助手席に跳《と》び上がった。

彼は、運転席に上がる。やがて、エンジンをかけた。ディーゼル・エンジンが、低く力強い音を響かせはじめる。
1、2分ほどエンジンを温め、彼は、ギアを入れた。開けた運転席の窓から、爽太郎に一度だけ手を振った。爽太郎も、手を振り返す。
トラックは、モーター・インの駐車スペースから、ゆっくりと出ていく。片側　車線の道路に、出ていく。加速する時、グレイの排気を上に噴きあげた。

しだいに加速し、遠ざかっていくトラックを、爽太郎は見送っていた。トラックは、ぐんぐんと小さくなっていく。

道路は、まっすぐにのびている。さえぎるもののない平原。そのはるか彼方《かなた》には、淡いブルーの山なみが見える。道路は、その山なみに向かって、一直線にのびている。

トラックは、豆粒のようになり、点になり、やがて風景の中に消えていった。

爽太郎は、大きく息を吐いた。そして、ひんやりとした夜明けの空気を吸い込んだ。空気は、湿った草の匂いがした。爽太郎は、眼を細めて目の前にひろがっている平原を眺めた。

遠くへ来たな、と、胸の中でつぶやいていた。同時に、思い起こしていた。あれは、約2ヵ月前の5月……。

1　あの頃、ニューヨークで

1

はじまりは、ニューヨークだった。

5月中旬のニューヨーク。セントラル・パークの木々も、グリニッジ・ビレッジの並木も、新緑の色に染まっている。この街が、一年中で最もいきいきと輝く季節だった。

爽太郎と熊沢は、セントラル・パークに近いホテルに泊まっていた。ある授賞式に出席するためだ。

アメリカには、CFのディレクターでつくっている協会がある。〈フィルム・ディレクターズ協会〉。略すと、〈FDA〉ということになる。この協会では、年に一度、優秀なCFに賞を出すフェスティバルをやっている。アメリカは、言うまでもなく、広告の分野では先進国。だから、このフィルム・フェスティバルで、グランプリや銀賞をとる、あるいは入賞することは、CFの制作者や広告代理店にとって大きな意味を持つ。

そして、今年のフェスティバル、流葉《ながれば》チームの制作したCFが、〈海外部門〉のグランプリをとった。広告主《クライアント》は、岩田ガラス。商品は、防弾ガラスのように割れにくい窓用ガラス。プロの泥棒、ケビン・ナカムラを起用したCFだ。それが、グランプリをとった。

爽太郎にとって、海外での受賞は、もう六回目になる。特別な感激はない。賞金は、出演してくれたケビン・ナカムラの父娘《おやこ》に渡すことにした。

ニューヨークで開かれる授賞式にも、行くつもりはなかった。けれど、広告代理店〈S&W〉の日本支社が黙ってはいなかった。制作本部長の氷山は、もちろん、授賞式に出るという。そして、ニューヨークにある〈S&W〉の本社からも、副社長が出席するという。

「じゃあ、まあ、よろしくやってくれ。土産《みやげ》はいらないぜ」

と爽太郎は言った。けれど、氷山が泣きついてきた。制作したディレクターとプロデューサーが出席しないんじゃ、かっこうがつかないんだよ、と訴えてきた。

爽太郎は熊沢に話を振ってみた。すると、

「たまには、ニューヨークも悪くないか……」

と熊沢がつぶやいた。爽太郎も、ニューヨークは、もう何年も行ってない。

結局、爽太郎も熊沢も、ニューヨークの授賞式に行くことにした。

2

盛大な授賞式が終わる。その翌日、氷山はご機嫌で日本に帰っていった。が、爽太郎と熊沢は、しばらくニューヨークに残ることにした。

爽太郎は、ひさしぶりにきたニューヨークの空気を吸っていたかった。それと、熊沢には、何か、別の目的があるようだった。二人は、〈S＆W〉の本社がとってくれたホテルに滞在していた。

3

朝8時。爽太郎は、自分の部屋で目醒めた。起きる。冷蔵庫から、よく冷えたミネラル・ウォーターを出す。高級ホテルなので、カーテンは厚い。

カーテンを少し開ける。明るい5月の陽射《ひざ》しに眼を細める。22階の部屋からは、セントラル・パークの新緑が眺められた。爽太郎は、ミネラル・ウォーターをラッパ飲みしながら、セントラル・パークを眺めていた。

日本から、直行便でニューヨークまで飛んできた。すぐに、肩の凝《こ》る授賞式があった。爽太郎は、体が硬くなっているのを感じていた。

ひとっ走りすることにした。バッグを開けた。Tシャツ、ジョギング・パンツ、スニーカーを出す。身につけた。

エレベーターで1階ロビーにおりた。中年のボーイが、笑顔を見せた。

「ジョギングですか？　どこまで？」

「ちょっとマイアミまで」

と爽太郎。

「あっちは治安が悪いそうですからお気をつけて」

とボーイもジョークを返す。爽太郎は、笑っているボーイに手を振る。ロビーから走り出した。

ホテルから1、2分も走ると、セントラル・パークだ。公園の中を走りはじめると、緑の匂いを感じる。爽太郎は、ゆっくりとしたペースで走りはじめた。

同じように、ジョギングしている人間は多い。ほとんどが白人だ。夜は、よく女が強姦《ごうかん》されるセントラル・パークだけれど、この時間に、そんな雰囲気はない。

若い白人娘も、かなり走っている。ジョギング・パンツから伸びているその脚も、まだ陽《ひ》灼《や》けはしていない。白く、つやのある長い脚が、初夏の陽射しに眩《まぶ》しい。

もう、サブマリン・ドッグを売るスタンドも店開きしている。時どき、ローラー・ブレードで走っている少年とすれ違う。そんなセントラル・パークを、爽太郎は、マイペースで走っていく。

4

ホテルに戻り、シャワーを浴びた。アロハ、ジーンズに着替える。爽太郎は、自分の部屋を出た。となりの熊沢の部屋。ドアをノック、三回。

ドアが開く。シャンパン・グラス片手の熊沢が顔を見せた。

「よお」

と言った。爽太郎は、部屋に入った。部屋のベランダ。ヴーヴ・クリコのボトルが銀のバケツに冷やしてある。見れば、キャヴィアと、細切りにしたトーストも、テーブルにあった。

「優雅な朝飯だな」

と爽太郎。熊沢は、ベランダの椅子に腰をかけ、

「ニューヨークのいいところは、これだな」

と言った。右手のシャンパン・グラスを見た。爽太郎も、部屋のミニ・バーからグラスを持ってくる。ヴーヴ・クリコを注ぐ。ぐいと、ひとくち飲んだ。

「ところで、今夜なんだが、たまにはジャズを聴きにいかないか」

と熊沢が言った。

「ジャズ？……」

爽太郎は、グラス片手につぶやいた。

5

「確か、このあたりだな……」

と熊沢。あたりを見回しながら言った。その夜。8時過ぎ。イースト・ヴィレッジを、熊沢と爽太郎は歩いていた。やがて、熊沢が、

「あれだ」

と指さした。小さなネオンサイン。〈Small Dish《スモール・ディッシュ》〉という店名が出ていた。目立たない店だった。熊沢は、店のドアを開けた。階段があり、地下におりるようになっている。

階段を下ると、店だった。壁は赤レンガ。テーブル席が一〇ほどある。奥に、小ぶりなグランド・ピアノとマイクがセットされていた。いまは、誰も演奏していない。四つのテーブルに、客がいた。

ウエイターが爽太郎たちの方にやってきた。

「二人」

と言うと、すぐ席に案内された。熊沢は、バーボン。爽太郎は、ウオッカ・トニックをオーダーした。ウエイターが下がると、熊沢は、店内をゆっくりと見回す。

「……変わってないな……」

と、つぶやいた。ウエイターが、グラスを運んできた。テーブルに置く。爽太郎は、ウオッカ・トニックのグラスに、口をつけた。熊沢を見た。

「ところで、おっさん、そろそろ説明してくれてもいいんじゃないか？」

と言った。熊沢が、なぜ、この店に来たのか、その理由を、まだ聞いていない。理由があるのは、わかっている。

その時、ピアノのところに、小さなスポットライトが落ちた。白人の若い女が、ピアノの前に腰かけた。髪は、ウエーヴさせている。白い光沢のあるブラウスを着て、ジーンズをはいていた。

彼女は、マイクを自分の前に持ってくる。ひと呼吸。そして、ピアノのイントロ。〈My《マイ・》 Funny Valentine《ファニー・ヴァレンタイン》〉を唄いはじめた。サラリとした調子で、弾《ひ》き語りしはじめた。客たちは、グラス片手に聴いている。

熊沢が、唄っているシンガーを見ながら、ぽつりと言った。

「……25年前の麻記子が、あれさ」

6

「……麻記子……」

爽太郎は、つぶやいた。麻記子は、元、熊沢のワイフ。正確に言うと、一度離婚して、いまはまた熊沢と暮らしている。葉山で、バー〈グッド・ラック〉をやっている。

熊沢は、バーボンでノドを湿らす。

「別に、もったいぶるほどの話じゃない。麻記子は、若かった頃、この店で、ああしてピアノの弾き語りをしてたのさ」

と言った。

「……麻記子は、十代の頃から、ジャズ・シンガーになるのが夢だった。……高校を卒業すると一八歳でアメリカに渡った。ニューヨークで、つてをたよって、ジャズ・シンガーへの道を歩きはじめた……」

と熊沢。淡々とした口調で話す。

「あちこちの店で唄えるようにはなった……が……この世界、そう甘くはない」

熊沢は、かすかに苦笑した。

「……おれと知り合った頃、麻記子は、もう二五歳になっていた。この店と、パーク・アベニューにあるもう一軒のピアノ・バーで演奏し唄ってたが、食うのがやっとって感じだったな。ニューヨークで7年ぐらいがんばってきた、その疲れが出てきたようだった……」

「そこへ、白馬にのったプロデューサーがあらわれた……」

微笑《わら》いながら爽太郎が言った。熊沢は、また、苦笑いした。グラスに、口をつけた。しばらく無言。店の壁を見ている。いや、その壁の向こう、過ぎ去った日々を見ているのかもしれない。

「……その頃のおれは、若手プロデューサーで、確かに、バイタリティーにはあふれてたと思う。ロケやオーディションで、しょっちゅうニューヨークには来てた。……そして、店で唄っていた麻記子と知り合った」

「………」

「それから後は、くどくど説明しなくてもわかるだろう。男と女の話だ」

と熊沢。爽太郎は、うなずいた。

「……あんたたちは、結婚した……」

「……ああ……知り合って10ヵ月後に、結婚した。麻記子は、ニューヨークの生活を引き払って、日本に戻った」

「……彼女、ジャズへの未練はなかったのか？」

爽太郎は訊《き》いた。思い出していた。表参道にあった店で初めて麻記子と出会った頃、彼女が、〈嘘は罪〉のワン・フレーズを口ずさんでいたのを思い出していた。ワン・フレーズだったけれど、その唄い方が、素人《しろうと》ばなれしていたことも記憶のすみにある。

「……ジャズ・シンガーへの未練は、もう、なかったようだ。一人でニューヨークで7年もがんばって、やるだけはやったってところだろう……」

「なるほど……」

「それはそれとして、今回、おれがニューヨークに行くと言ったら、麻記子から頼まれたよ。……自分があの頃に唄っていた店を、見てきてくれと……。まだ、店が元通りにあるかどうかを……」

熊沢が言った。

「そうか……。ということは、あんたにとっても、感傷旅行《センチメンタル・ジャーニー》ってことになるのか」

と爽太郎。熊沢は、苦笑い。

「それほどのことじゃないが……」

と言った。グラスのバーボンを、ぐいと飲み干した。女性シンガーが、〈Moon River《ムーン・リヴァー》〉を
ゆったりと唄いはじめた。

7

爽太郎たちに、不審な依頼があったのは、その翌日だった。

2　相手は、あんたを指名してきた

1

電話がきたのは、午前10時だった。

きのうと同じように、爽太郎は、セントラル・パークで朝のジョギングをした。シャワーを浴び、熊沢の部屋でシャンパンを飲んでいる時だった。

部屋の電話が鳴った。10時5分過ぎだった。グラス片手の熊沢がとる。何か英語で話している。どうやら、相手は、広告代理店〈S&W〉の人間らしかった。

「わかったよ、ダン。とにかく、ソータローと話してくれ」

熊沢が言った。

「〈S&W〉のダン・ファーガスンだ。お前さんに、なんか仕事の話だとさ」

と言いながら、コードレスの受話器をさし出した。ダン・ファーガスンは、〈S&W〉の副社長。この前の授賞式にも、爽太郎たちと一緒に出席した男だ。

爽太郎は、シャンパンのグラスを片手に、受話器をうけ取った。

「朝の10時に仕事の話とは、ヤボな男だな。あんた、いかしたニューヨーカーなんだろう？」

と爽太郎。ダンは、確かに、いかにもニューヨーカーという感じのダンディーな男だった。電話の向こうで笑っている。

「まあ、そう言うなよ、ソータロー。私も少し驚いてるんだが、急な依頼がきたのさ。つい1時間前だ」

「依頼っていうと……CFの仕事か？」

「ああ、そうだ。テレビ・コマーシャルをつくってくれないかという仕事の依頼だ。しかも、ディレクターには、ソータロー、あんたを指名してきた」

「おれを？」

「ああ。なんでも、フィルム・フェスティバルで観《み》たソータローの受賞作に、えらく感激したと、その広告主《クライアント》は言ってるのさ」

「ほう……。で、そのクライアントは？」

「……ええと、〈KBシステムズ〉という社名だ。やはり、セキュリティー関係の企業らしい。それで、あんたのつくったフィルムに感激した。ああいうインパクトのあるCFをつくって欲しいというわけさ」

ダンは言った。

「けど、おれとプロデューサーのミスター・クマは、いま優雅な休暇中なんだ。いわば、戦士の休息ってやつでね。仕事をする気なんか、まるでないね」

爽太郎は言った。グラスのシャンパンを飲み干した。

「まあ、そう言わずに、話ぐらいは聞いてやってくれないか……。むこうさん、やけに熱心でな。ぜひ、ソータローに会わせてくれと言ってるんだ」

「会ってどうするんだ。一緒にワルツでも踊るのか」

グラスにシャンパンを注《つ》ぎながら、爽太郎は言った。電話のむこうで笑っている。やがて、笑い声がおさまる。

「たぶん、ワルツはむこうさんの趣味じゃないだろうが、とにかく会って話を聞いて欲しいそうだ。もしかしたら、意外に面白い仕事の話かもしれない」

ダンが言った。好奇心が、少し刺激された。爽太郎は、訊いた。

「それで、むこうは、いつ会いたいと言ってるんだ」

「それが急で、今日の午後だと」

「今日の午後……。ずいぶんせっかちな相手だな」

「まあ、それだけ熱心だとも言えるんだろう。なんせ、ソータローの仕事に、すごいショックを感じたらしい。どうだろう。ちょっと会ってやってくれないかな」

とダン。爽太郎は、熊沢を見た。

「おっさん、今日の午後、予定は？」

と訊いた。熊沢は、シャンパン・グラスを持ったまま首を横に振った。

「昼寝をして、マリリン・モンローとデートしてる夢を見る」

と言った。爽太郎は、苦笑い。受話器を握りなおした。

「わかったよ、ダン。じゃ、話を聞くだけだ」

と言った。時間を打合せした。電話を切った。爽太郎は、熊沢に向きなおる。

「残念ながら、マリリンとのデートは、おあずけだ」

2

「ほう……」

熊沢が、思わずつぶやいた。午後2時。ホテルの玄関。一台のリムジンが、車よせに入ってきた。クジラのように大きな黒いリムジンだった。

リムジンは、爽太郎たちの前で駐まった。ホテルのドアマンが、後ろのドアをうやうやしく開ける。ダンと、もう一人の男が、おりてきた。

ダンは、あい変わらずダンディーだった。紺のスーツ。ブルーと白のストライプのシャツ。明るいブルーのネクタイ。全体にブルー系で統一している。いかにも、広告代理店の副社長という雰囲気だった。白いものが混ざりはじめた髪は、きちんと七三になでつけてある。細い口ヒゲをはやしている。

もう一人の男も、中年だった。グレイのスーツを着ている。やや太りぎみだ。髪は、オールバックにしている。細い金ぶちの眼鏡をかけている。一見、銀行家に見える。

「やあ、ソータロー、ミスター・クマ」

とダン。

「紹介しよう。〈KBシステムズ〉の宣伝担当重役、ミスター・エドワード」

と言った。爽太郎たちは、エドワードとアメリカ式に握手をする。

「お会いできて光栄です」

とエドワード。礼儀正しく言った。

「突然の話で、失礼しました。そこで、失礼ついでと言ってはなんですが、この郊外にある、私どもの会社へご案内したいのです。片道30分ほどです」

エドワードは言った。爽太郎たちは、リムジンの後部を見た。テーブルがあり、すでにシャンパンの用意をしてあるのが見えた。爽太郎は、熊沢を見た。熊沢が、眉をピクリと上げた。〈悪くない〉という表情だった。

3

「ふーむ」

と熊沢。グラスを口に運んで、つぶやいた。爽太郎も、よく冷えたテタンジェを飲みはじめていた。リムジンの後部は、大人六人が、向かい合って座れるような広さがあった。テーブルの上には、テタンジェの入った銀のバケツ。低く流れているBGM。走っていても、ほとんど揺れない。ホテルの一室のようだった。

「おれも、こいつを一台買うかな」

熊沢が言った。

「やめとけよ。葉山・鎌倉の細い道にこいつを入れたら、抜け出せなくなるぜ」

と爽太郎。そんな冗談を言っているうちに、リムジンは、ウィリアムズバーグ橋を渡った。どうやら、ブルックリン地区《エリア》に行くらしいと爽太郎は思った。

やがて、〈KBシステムズ〉のエドワードが口を開いた。

「私どもの会社は、主にVIP用に、車の改造をしています。窓ガラスを防弾ガラスに替える。ドアをはじめ車体を強化する。つまり、車が何者かに銃で襲われたとしても、乗っている人間は安全である。そんな仕様に車を改造するのを専門にしている会社なのです」

とエドワード。

「そんな理由《わけ》で、今回、フィルム・フェスティバルで受賞したあのコマーシャル・フィルムに、とても興味を持った、というか感激したわけです」

エドワードは、爽太郎を見た。

「そこで、ぜひ、わが社のためにも、ああいう、実証的でインパクトのあるコマーシャルをつくってもらえないかと思って、急いで〈S&W〉に連絡をとったというのが、いきさつなんです」

と言った。

そうしているうちに、周囲の風景が変わってきた。普通の住宅、スーパーマーケットなどが見える。高層ビルばかりのニューヨーク中心部とは、あきらかに違う。

しばらく、空き地が続く。その先に、フェンスが見えてきた。高いフェンス。その中に、工場のようなものが見える。そう大きくはないが、工場らしい建物がある。

リムジンは、フェンスの出入口までやってきた。出入口には、ガードマンの詰所《つめしょ》らしいものがあり、制服の男がいた。男は、リムジンを見ると、うなずく。やがて、フェンスの出入口が電動で開いた。

「かなり厳重だな……」

ダンが、つぶやいた。

「こういう会社ですから、企業秘密のようなものもいろいろあるんです」

エドワードが説明した。リムジンは、敷地の中に入っていく。ゆっくりと走る。やがて、工場らしい建物のわきで、スピードを落とした。スーツ姿の男が四人、待っていた。リムジンは、スピードを落としきって停《と》まった。

四人の男たちは、左右のドアに近づいてくる。2、3メートルまで近づいた時だった。男たちの手が、同時に動いた。上着の下に右手を滑り込ませる。拳銃を引き抜く。リムジンの中にいる爽太郎たちに向かって、撃ちはじめた。左右から撃ちはじめた。

4

ダンが、何か悲鳴をあげた。体を丸めようとした。熊沢も、腕で頭を守るような動作をした。

けれど、爽太郎は動かなかった。向かい側にいるエドワードも、平静な顔をしている。

拳銃の音は、10秒近く続いていただろうか。四人の男たちが、五、六発ずつぐらい発砲したようだ。銃声がやんだ。リムジンの窓ガラスには、かすかな銃弾の痕《あと》が、いくつもある。

両手で頭をかかえていたダンが、恐る恐る、顔を上げた。

「これはこれは失礼。ちょっと驚かせすぎたようですね」

とエドワード。ダンの腕に手をかけた。ダンは、ゆっくりとあたりを見回す。

「彼らは、うちの社員です。うちの会社の優秀さを知っていただくためのデモンストレーションだったんですが、ちょっと驚かせ過ぎたようですね。申しわけない」

エドワードが言った。男たちが、リムジンの左右のドアを開けた。みな、リムジンから降りた。エドワードは、窓ガラスを指さす。

「ごらんください。あの至近距離から拳銃で撃たれても、この程度の傷がつくだけです。ライフル弾でも、貫通しません。この車に乗っている人間を殺そうと思ったら、ロケット砲でも使うしかないでしょう」

と言った。

5

「どう思う？　ソータロー」

とダン。グラス片手に訊いた。

夕方の5時過ぎ。マディソン・アベニューにある〈S&W〉の本社。その33階。副社長・ダンの部屋だ。部屋は広く、黄昏《たそがれ》のマンハッタンが見渡せた。部屋のまん中には、ソファーセット。部屋のすみには、バーがある。

ダンと熊沢は、J《ジャ》・ダニエル《ック》を、爽太郎はジン・トニックを飲んでいた。爽太郎は、窓ぎわにいた。暮れていくマンハッタンを眺めながら、ゆっくりとしたペースで、ジン・トニックを飲んでいた。白分のデスクに両足をのせているダンが、〈どう思う？〉と爽太郎に訊いた。

「……なんか怪しいと思うんだが……」

　とダン。爽太郎は、小さく、うなずいた。

「あの、ハッタリめいたデモンストレーションは、笑って見過ごすとしても、ひとつ、気になったことがある」

　と言った。

「……気になったこと？……」

　とダン。

「……ああ……。さっき、リムジンの窓を拳銃で撃ってきた四人のやつらだが、素人にしては、拳銃の扱いが上手《うま》過ぎた」

　爽太郎は言った。上着の内側から拳銃を引き抜く。そして、狙いをさだめて撃つ。その一連の動作が、もの慣《な》れていた。一般人が同じようにやろうとしても、そううまく出来るものではない。

「あれは、ちょっと気になったな……」

　と爽太郎。ダンは、うなずいた。

「……確かに、そうかもしれない」

　と、つぶやいた。

「いずれにしても、あの会社のＣＦを、おれがつくるわけにはいかない。おれは一業種一社のポリシーだからな」

爽太郎は言った。

さっき、〈KBシステムズ〉で、エドワードという男から説明をうけた。それによると、あの会社では、防弾ガラスの取りつけだけではなく、防弾ガラスそのものの製造もやっているという。ということは、岩田ガラスと同じ事業をやっていることになる。

コマーシャル制作者の中には、A自動車のCFをつくった翌月に、B自動車のCFをつくる者もいる。けれど、爽太郎は、それを基本的にやらないポリシーにしていた。

かりに、A自動車のCFをつくった、その何年か後なら、B自動車のCFをつくることもあり得るだろう。けれど、今回の場合は、時期が近すぎる。

「まあ、そういうわけだから、さっきの〈KBシステムズ〉には、断わりの連絡を入れておいてくれ」

爽太郎は言った。ダンが、うなずいた。爽太郎は、ジン・トニックのグラスを手に、夕方のマンハッタンを眺めていた。心の中に、小さな棘《とげ》のような疑問が残っていた。さっきの〈KBシステムズ〉の件が、納得できないクエスチョン・マークとして、胸の中にあった。

黄昏の淡い陽射しが、爽太郎の持っているグラスのふちに光っていた。

3　やばい仕事

1

「お帰んなさい、若」

カウンターの中で、巖《がん》さんが笑顔を見せた。

鎌倉。由比ヶ浜通り。流葉亭。午後4時半だ。店の中に、客はいない。窓から入る斜光が、テーブルクロスに射している。爽太郎は、小さめの旅行バッグを店のすみに置いた。ほっと息をついた。

「どうでしたか、ニューヨークは？」

と巖さん。

「どうってことないよ。外人ばかりが歩いてる渋谷さ。それより、ノドが渇いたな」

と爽太郎。カウンターの中へ入る。冷蔵庫を開ける。瓶のBUD《バドワイザー》をつかみ出す。開ける。ぐいとラッパ飲み。店の中、いい匂いが漂っている。爽太郎は、カウンター席に。

「ご注文のオムライス、もうすぐでき上がります」

カウンターの中で、巖さんが言った。成田空港に着いた時、爽太郎は店に電話を入れておいた。〈何か用意しときましょうか〉という巖さんに、〈そうだな、いつものオムライスを頼むよ〉とリクエストしておいた。

ニューヨークには、レストランが揃《そろ》っている。ステーキ、シーフード、イタリアン、日本料理、チャイニーズ……。それぞれ、一応のレベルの店はある。けれど、流葉亭のような洋食屋メニューはない。それに似たようなものはあるが、不味《まず》い。

やがて、

「はい、お待ちどう」

と巖さん。爽太郎の前に、皿を置いた。流葉亭の特製オムライスだ。

このオムライスは、子供向けではない。大人のものだ。まず、鶏《とり》肉や卵を厳選してある。グリーンピースも、わざわざ産地からとりよせてある。それでつくるチキンライスは、味つけが大人の味だ。けっして甘くない。スパイスを上手く使って、奥の深い味になっている。

それだけでも、充分にメニューの一品になる。

そのチキンライスを、やや半熟の玉子で包む。その上にたっぷりとかけてあるソースは、巖さんが3日間かけてつくるものだ。時間と手間をおしまずにつくったものだ。

爽太郎は、冷蔵庫からイタリー・ワインの赤を出す。グラスに注ぐ。ひとくち。スプーンを握る。オムライスを食べはじめた。ふたくち食べたところで、うなずき、

「うむ……。悪くない」

と言った。最高のほめ言葉だ。それを知っている巖さんは、カウンターの中でにこやかな表情をしている。さりげなく、レモンをスライスしはじめた。

2

「ガンさん、こいつ、ちょっと元気がないんじゃないか?」

爽太郎は言った。オムライスを食べ終わった後だ。厨房《ちゆうぼう》のすみにいる猫のブチを見て、爽太郎は言った。

猫のブチは、もともと、流葉亭が本郷にあった頃からエサをやっていた半ノラ猫だ。流葉亭を鎌倉に移す時、一緒に連れてきた。白と茶のブチ猫だった。いまでは、首輪や迷子札をつけてやってある。

ブチも、もう、そう若くはないだろう。一日何回か、外に散歩に出て、それ以外は店の中にいることが多い。店の中をうろついて、時には客に撫《な》でられたりしている。もともと、おとなしい猫だった。そのブチが、ふと見ると、元気がない。厨房のすみで丸くなっている。

「そうなんですよ。この2、3日、エサもあんまり食わないですね」

と巖さん。うなずきながら言った。爽太郎は、ブチのそばに行ってみた。

「おい」

と言って、頭をなでてみた。ブチは、顔を上げた。小さく口を開け、かすれた声で鳴いた。あきらかに、元気がない。

「季節が季節だから、恋わずらいかな……」

と爽太郎。巖さんは苦笑いしている。

「まあ、病気かもしれないから、明日でも医者に連れてってみよう」

爽太郎は言った。

3

翌日。午前9時。爽太郎は、神奈川県のイエロー・ページをめくっていた。近くにある獣医を探していた。しばらく探して、由比ヶ浜にある獣医を見つけた。〈橘《たちばな》アニマル・ホスピタル〉という獣医だった。住所を調べる。由比ヶ浜のはずれにある。流葉亭から猫を連れて歩いて行くのは、少し無理がある。車で行くことにした。

猫を、どうやって車で運ぼうか、考える。ブチが、おとなしく助手席に座っているとは思えない。犬や猫を運ぶためのバスケットのようなものがあるのは知っていた。が、そんなものを、わざわざ買う気はない。

見回す。ふと、トロ箱が目に入った。トロ箱とは、魚や野菜を入れて運送したりするための発泡スチロールの箱だ。見ると、ちょうどいい大きさと深さのトロ箱があった。長野から、グリーンピースを取りよせた、その時のトロ箱だった。

爽太郎は、丸くなっているブチを、抱き上げる。トロ箱に入れた。ブチは、トロ箱の中で丸くなる。おとなしくしている。

爽太郎は、ブチを入れたトロ箱をかかえる。巖さんに、

「ちょいと犬猫病院へ」

と言った。店を出る。わきに駐めてあるラングラーに歩きはじめた。

4

めざす〈橘アニマル・ホスピタル〉は、なかなか見つからなかった。10分ぐらい、車で走って、やっと見つけた。

由比ヶ浜の住宅地。その中に、病院はあった。白っぽい二階建て。目立たない小さな看板が出ている。〈橘アニマル・ホスピタル〉と、ひかえめな文字が書かれていた。英語でも、〈Tachibana Animal Hospital《タチバナ・アニマル・ホスピタル》〉と描かれている。鎌倉には外国人も多く住んでいる。そのためだろう、と爽太郎は思った。

病院のわき。駐車スペースが二台分あった。いまは、一台も駐まっていない。爽太郎は、そこにラングラーを突っ込んだ。エンジンを切る。助手席に置いてあるトロ箱をかかえる。病院の玄関に歩いていく。

玄関のすぐ前。一台の車が駐まっていた。白い小型のベンツだった。むぞうさに道路に駐めてある。それも、ちゃんと路肩に寄せていない。もともと、住宅地の中の狭い道だ。これでは、通行のじゃまになる。

爽太郎は、玄関のガラス扉を開けた。そのとたん、

「お金を払えばいいんでしょう！」

キンキンとした声が響いた。

5

病院の受付カウンター。中には、獣医らしい初老の男がいる。客らしいオバサンと、何かやり合っていた。オバサンは、猫を入れた専用のバッグを床に置いている。中には、毛の長い洋猫が入っている。

「だから、お金を払うとか、そういう問題じゃなくて」

と医者。

「じゃ、どういうことなのよ！」

オバサンが、キンキン声で吠えた。

「猫の爪《つめ》切りぐらいは、飼い主がやってあげたらどうですかと言ってるんです」

と医者。

「わたしは、忙しいの！　犬猫病院なんだから、爪切りしてくれるの、当たり前でしょう。お金なら払うわよ」

とオバサン。グッチのバッグから、財布をとり出そうとした。

「だから、お金の問題じゃなくて……」

と医者。困った表情をしている。その時だった。爽太郎は、オバサンに声をかけた。

「あの……この前に駐めてある小ベンツ、おたくの?」

オバサンが、ふり向いた。

「駐車違反、とられそうになってるよ」

爽太郎は言った。

「あ、大変!」

とオバサン。猫のバッグをつかむ。あわてて病院から出ていった。爽太郎は、苦笑いしながら、その後ろ姿を見送った。医者は、やれやれという表情。

「最近は、ああいう飼い主がふえてね……。困ったものさ」

と苦笑した。

「部屋で飼ってる猫は、放っておけば爪がのびる。飼い主なら、自分で切ってやればいいのに……。何分もかかるわけじゃない……。それをわざわざ病院でやらせようっていうんだからねえ……」

「本当には、猫をかわいがってない?……」

と爽太郎。医者は、ちょっと首をひねる。

「……そうかもしれないね……」

と言った。

「しかし……ここで爪を切ってやれば、金はとれるんじゃないのか？」

と爽太郎。最近は、儲《もう》け主義の犬猫病院が多いと聞いたことがある。医者は、また苦笑い。

何も言わない。爽太郎がかかえているトロ箱を見た。

「何か、配達かい？」

「ああ、猫を一匹」

爽太郎は言った。

6

その5分後。医者は、診察台にのせたブチをみていた。口を開けて中を見る。背中や腹の皮をつまんでみている。しばらくそうして診察していた。

「少し脱水症状をおこしてるね……」

「脱水？……」

「ああ……。猫には多いんだが、たぶん、腎臓《じんぞう》が悪いんだと思う。くわしく検査してみればわかるがね」

と言った。猫の血を採《と》って、腎機能の検査をした方がいいという。

「夕方まで、預かっていいかな？」

「もちろん」

7

店に戻る。巖さんが、

「あ、若。さっき、〈S&W〉の氷山さんから電話がありました」

と言った。

「氷山……」

「なんでも、至急、仕事の話をしたいそうで」

と巖さんが言ったとたん、電話が鳴った。爽太郎は、ゆっくりと受話器をとった。

「こちら鎌倉税務所」

「ふざけてる場合じゃないんだよ、流葉君」

受話器から、氷山のかん高い声が響いた。爽太郎は、ちょっと受話器を耳から離した。

「さっきガンさんから聞いたが、なんか、医者に行ってたんだって?」

「ああ。ニューヨークとの時差ボケが治らないんだ。不治の病《やまい》だな。もう寝るぜ。じゃ」

「ま、待てよ流葉君。5分だけ、話を聞いてくれ」

「5分は長いな。ボクシング1ラウンド分、3分にしてくれ」

「わかったよ。じゃ、手早く言う。アメリカから仕事の依頼だ。しかも、ディレクターには、君を指名してきてる」

「おれを?……」

「ああ。例のグランプリの受賞作を観て、ひどく心を動かされたそうだ。ぜひとも、君にCFをつくって欲しいそうだ」

「またか……」

「ああ、ニューヨークでの話は、ダンから電話で聞いたよ。なんか、怪しげなクライアントだったらしいな。だが、今度の話は違う。まっとうなクライアントだ。ただし……」

「……ただし?」

と爽太郎。氷山は、少しもったいをつけるように間を置いて、

「……今回は、極秘の仕事だ」

と言った。

8

「……極秘?」

「そういうこと。私も、まだ正確な話は聞いてないんだが、どうも、かなり危険をともなう可能性があるらしい。これは、何も君を挑発してるわけじゃない。クライアントの担当者が言ってるんだ」

と氷山。先回りして言った。

〈危険をともなう〉……その言葉が、心にひっかかったのは確かだ。ニューヨークで、シャンパンとキャヴィアの数日間を過ごしてきた。気分がゆるんでいるのを、爽太郎は感じていた。やばい仕事……そう聞いて、少し、ひかれるものがある。

「で?……もうすぐ3分でゴングだぜ」

「ああ、クライアントの担当者は、今夜、アメリカから来日する。さっそく明日でも、君と会って話をしたいそうだ」

「ほう……相手は、ずいぶん急いでるんだな……」

「そういうことだ。とにかく、会ってみてくれないか」

氷山は言った。

9

夕方5時過ぎ。爽太郎は、〈橘アニマル・ホスピタル〉に行った。見習い医師らしい若い男が出てきて、

「ちょっと、お待ちください」

と言った。ガラスばりの診察室。中では、医者が小型犬の診察をしているのが見えた。飼い主らしい中年男も、中にいる。若い医者は、

「まだ、カルテをつくっていませんでしたね」

と言った。用紙をカウンターにとり出した。爽太郎の名前、住所などを記入しはじめる。

はじめてすぐ。流葉という名前と住所を聞いた彼が、

「流葉って……もしかして、レストラン流葉亭の?……」

と訊いた。爽太郎は、うなずく。

「ああ……。由比ヶ浜通りにある店だけど」

と言った。

「ああ、やっぱり……。私、時どき、カミさんと一緒に、寄らせてもらってるんですよ」

彼は言った。爽太郎は、あらためて、彼を見た。その若くて真面目《まじめ》そうな顔に、見覚えがあった。確かに、店で見たことがある。まだ二十代の若夫婦という感じの客……。時どき、夕食時に来ていた。爽太郎がそう言うと、

「そうなんです。私もカミさんも、おたくのハヤシライスのファンで……」

と笑顔を見せた。その時、診察室から、犬を連れた中年男が出てきた。医者は、

「また具合が悪くなるようなら、連れてきてください」

と言った。爽太郎を見た。

「中へどうぞ」

と言った。若い医者が、奥からトロ箱を持ってきた。中には、ブチがいた。爽太郎を見ると体を起こし、鳴いた。だいぶ元気になったようだった。

「やはり脱水を起こしていたので、点滴を打ったよ。それで、かなり元気になった」

医者が言った。

「血液を採って検査した結果、やはり腎臓の機能に問題が出てる」

と医者。説明をはじめた。猫はある年齢になると、腎臓の機能が落ちることが多いという。

「そうなると、いくら水を飲んでも、腎臓がうまく働いてくれないから、水分がみな尿になって出ていってしまう。体に吸収されない。で、結果、脱水症状が起きるわけだ」

医者は言った。爽太郎は、医者の顔を見ていた。六〇歳ぐらいだろうか。髪は、ほとんど白髪。セルフレームの眼鏡をかけている。頑固そうな顔つきだが、ハッタリは言わなそうな男だった。

「で?……どうすればいいのかな?」

「とりあえず、2、3日に1回、点滴を打って様子を見よう。腎機能にも波があるから、しばらく様子を見るのがいいと思う。2、3日に1回のペースで連れてきてくれ」

と医者。爽太郎は、うなずく。トロ箱をかかえて診察室を出た。カウンターのところに、若い医者がいた。会計をするために金額を訊いた。驚くほど安かった。

10

翌日。12時半。鎌倉宮の近く。高級料亭〈喜楽〉。その前の駐車スペースに、爽太郎は自分の車を入れた。熊沢と、車を降りる。氷山と、アメリカから来たクライアントと、そこで待ち合わせる予定になっていた。爽太郎たちが、店の門を入ろうとした時だった。

「ありゃ、なんだ」

と熊沢が言った。ふり向いた爽太郎も、思わず吹き出しそうになった。

4　オルフェからの脅迫

1

近づいてきたのは、人力車だった。

観光客を相手にした人力車。いま、鎌倉の町では、かなりたくさん走っている。一見、粋《いき》なスタイルをした若い男が、人力車を引いている。

いま、二台の人力車が近づいてくる。前の一台に乗っているのは、氷山と、秘書のケイトだった。後ろの人力車には、外人男が一人で乗っている。

人力車は、門の前で止まった。一台目から、氷山とケイトがおりる。爽太郎は、白い歯を見せ、

「へえ……あんたが、そんなに鎌倉観光が好きだったとは知らなかったぜ。もう大仏は見て

きたのか？」

と氷山に言った。氷山は、唇に指を当てる。

「シッ、流葉君、これはカモフラージュなんだ。敵をあざむくために、観光客をよそおってるんだよ」

と言った。

「敵？」

と爽太郎。あたりを見回した。いかにもデート中らしい若い男女が、手をつないで歩いているだけだ。

「ま、とにかく、中に入ろう。話は、それからだ」

と言った。もう一台の人力車から、外人男がおりた。六〇歳ぐらいの白人だった。氷山が、人力車のおニイさんたちに料金を払う。ケイトがもう、外人をエスコートして、料亭の中に入っていく。

たぶん、古い屋敷を改装して料亭にしたのだろう。立派な門を入ると、平屋の和風建築。玄関には、打ち水をしてある。和服を着た若い女が二人、玄関で待っていた。

「いらっしゃいませ」

深々とおじぎをした。氷山を先頭に、入っていく。長い廊下を歩き、離《はな》れに案内された。

二〇畳ぐらいの離れ。そのまん中のテーブルに、もう、人数分の箸《はし》などがセットされていた。

部屋に入ると、氷山が、

「流葉君、こちら、ミスター・ダグラス。ミスター・ダグラス、彼が、例のナガレバ・ディレクター、そして、プロデューサーのミスター・クマ」

と紹介した。爽太郎たちは、ダグラスと軽い握手をした。爽太郎は、あぐらをかいて、座った。ダグラスも、それをまねて、腰をおろした。座敷の外は、和風の庭。モミジの新緑が、陽射しに光っている。氷山は、あたりを見回し、

「ここなら、話を盗み聴きされる心配はないだろうな」

と言った。爽太郎は、上を指さした。

「いや、忍者がいるかもしれないから、天井裏も調べた方がいいぜ」

と言った。ダグラスが、不思議そうな表情をしている。爽太郎が英語に訳すと、声を上げて笑った。笑い声がやむと、

「それはいいジョークだが、今回は、そう笑ってばかりもいられないんだよ」

と言った。ダグラスは、銀色の髪を七三に分けている。メタルフレームの眼鏡。口ヒゲをはやしている。やや太めの体に、上質なサマー・ウールの上着を着ている。薄いブルーのシャツ。渋いグレイのタイをしめている。いかにも、企業の重役という雰囲気だった。

「ということは、よほど極秘の仕事ということらしいな」

と爽太郎。ダグラスは、うなずいた。そこへ、料理が運ばれてきた。塗りものの盆の上に、何皿ものっている。それが、各自の前に置かれた。話がとぎれないように、コースではなく、こういう昼飯を注文したらしい。そして、白ワインの入った銀のバケツも出てきた。和服の若い女が、各自のワイン・グラスにワインを注いだ。

「後は、自分たちでやるからいいよ」

氷山が言った。仲居は、微笑し、うなずき、さがっていった。

2

「ドッグフード協会?」

爽太郎は、ワイングラスを手に訊き返した。ダグラスは、うなずいた。

「そう。私は、全米ドッグフード協会の会長なんです」

と言った。

「まず、この協会についての説明が必要でしょうね。早い話、アメリカにあるドッグフードの会社のほとんどが入っている協会です。全米にある会社の99パーセントが入っています」

「なるほど……。で、あんたは、その協会のトップ……」

「ええ。私自身、ある大手のメーカーを経営していました。が、5年前に、経営を別の人間にまかせて、協会の仕事をしています」

とダグラス。ワイングラスに軽く口をつけた。

「アメリカでは、犬を飼っている人間は多い。ドッグフードは、いまや巨大産業なのです。ですから、われわれの協会にも、さまざまな問題が持ち込まれます。私自身、ドッグフード会社の社長をやっていた頃より、いまの方が、はるかに忙しい」

ダグラスは、苦笑しながら言った。また、ワイングラスでノドを湿らせた。

「そういうわけで、うちの協会には、いろいろなトラブルや何かが持ち込まれますが、1年前に、非常に深刻な問題が起きたのです」

爽太郎をまっすぐに見て、ダグラスは言った。話は、いよいよ核心に近づいてきたらしい。

「ある日のこと、協会あてに、一通の脅迫メールが送りつけられてきました」

「脅迫メール……」

「ええ……。相手は〈黒いオルフェ〉と名のっていました。そして、脅迫の内容は、こうです。アメリカ国内のあるドッグフード会社が、BSEに感染した牛を畜産農家から買いとった事実を、われわれはつきとめた。この事実を公表されたくなかったら、金を払えというものです」

とダグラス。

「BSE……狂牛病か……」

爽太郎は、つぶやいた。ダグラスがうなずいた。

「その脅迫メールでは、テキサス州の農家がBSEに感染した牛を、ドッグフード会社に売った。ドッグフード会社は、それを知りながら、牛を買った。この事実を公表されたくなかったら、三千万ドル（約三十億円）を支払え。この取引に応ずる用意があるなら、1週間以内に、ドッグフード協会のホーム・ページにあるBBSに、〈オルフェの件、了解〉と書き込め、とありました」

とダグラス。

「われわれにとって、危惧《きぐ》していたことが起きてしまいました。現在、ドッグフードの原材料の半分以上が牛肉や牛の各部位だと言われています。しかも、ドッグフードには、BSE感染の可能性が高い神経組織が含まれていることが多いんです」

ダグラスは、苦い表情で言った。

「しかし、われわれも、この件に関して、出来る限りの調査を短い時間でやりました。そして、相手の言っている事実はない。相手の脅迫は、ハッタリだと判断しました。そして、ホーム・ページには、何も書き込みませんでした。

「……」

「その10日後。〈FOOD《フード》 WATCH《ウォッチ》〉という雑誌が協会に送られてきました。そこに、〈BSE感染牛、ドッグフードに使用される!〉という記事が、写真入りで載っていました」

とダグラス。上着の内ポケットから、折りたたんだ紙をとり出した。ひろげた。記事をコピーしたものだった。爽太郎は、手にとった。ざっと目を通す。

ダグラスの言う通りだった。コピーなのでわかりづらいが、倒れている牛の写真。そして、見出しと記事が続く。テキサス州にある畜産農家の名前も出ている。BSEに感染した牛を買ったペットフード会社は、〈H社〉とだけしか書かれていない。その記事を読むかぎり、真実味はある。

「私たちはまず、そのテキサス州にあるという畜産農家を調べました。すると、この農家は、つい半月前に、どこかへ引っ越してしまったんです」

「……ほう……」

熊沢が、つぶやいた。

「続けて、私たちは、この〈FOOD WATCH〉という雑誌についても、徹底的に調べました。その結果、わかったんですが、この雑誌は、まったくのブラック・ジャーナリズムで、その裏にいるのはアメリカン・マフィアだったんです」

静かな口調で、ダグラスが言った。

「……マフィアか……」

爽太郎が、つぶやいた。時間が止まったような空白……。

「だから、この件は極秘なんだ」

氷山が低い声で言った。

「その〈FOOD WATCH〉という雑誌は、そうやって食品会社や食品業界を脅したりするための手段だったんですね。そう考えれば、テキサス州の農家のこともわかる。もともとその農家は経営不振だったらしいんで、マフィアに金をつかまされて、どこかへ引っ越していったんでしょう」

とダグラス。熊沢が、うなずいた。

「そうなれば、こっちも対抗手段をとらざるを得ません。私たちの協会では、〈アメリカ製のドッグフードは安全です〉という内容の広告キャンペーンを打ちはじめました。〈FOOD WATCH〉という雑誌の記事には根拠がないという事実をつきつけて、各メディアに流しました。相手の〈黒いオルフェ〉からは、あい変わらず、脅迫のメールがきています。

私たちは、それを無視してキャンペーンを打ち続けました。まあ、攻防戦ですね……」

「で、その結果は？」

と爽太郎。

「どうやら、火の手はおさまりました。一時期は、ドッグフードの売り上げも落ちたし、協会にも問合せが殺到していた。それが、私たちのキャンペーンがはじまって3ヵ月、4ヵ月過ぎると、しだいに減りはじめました。キャンペーンをはじめて半年過ぎる頃には、かなり、騒ぎはおさまってきました。実際、犬がBSEに感染したということも起きていません。それが、私たちに味方してくれました。私たちは、ほっと一息ついていました。ところが、また問題が起きてしまった」

とダグラス。

「そのBSE騒動が、日本にも飛び火した」

爽太郎は言った。

「……なぜ、それを？……」

3

ダグラスは、少し驚いた表情をしている。

「そんなの、小学生でもわかるよ。現に、あんたが、観光客をよそおって日本に来ている。そして、コマーシャル屋のおれたちに用事があるというんだから、話は簡単じゃないのかな？」

爽太郎は言った。皿の上のカラスミを、手でつまんで口に放り込んだ。白ワインを飲んだ。

「なるほど……あなたの言う通りだ」

とダグラス。また、上着の内側に手を入れる。コピー用紙を、とり出した。爽太郎に渡した。ひろげて見る。日本の雑誌のコピーらしかった。

〈あなたの愛犬が危い！〉という大見出し。そして、〈BSEの牛が、ドッグフードに!?〉というサブタイトル。

あとは、単純だった。アメリカの〈FOOD WATCH〉、その記事を引っぱり出している。けれど、記事を読むと、いかにも、BSEに感染した牛が、アメリカ製のドッグフードには使われているようにとれる。

「これが、日本の、きちんとした週刊誌に載《の》ってしまったのです。つい先月のことです」

とダグラス。

「私たちも、この週刊誌に正式に問合せしてみました。彼らの返答だと、この記事は、あるフリー・ジャーナリストが持ち込んだものだというんです。なんでも、アメリカの事情に詳《くわ》しいジャーナリストが書いた記事だというんです。そのジャーナリストの名前を訊いても、それは教えられない。そして、本人はいまアメリカ取材中で連絡がとれないということでした」

「……ふむ……」

「この週刊誌が、マフィアに買収されたとは考えづらい。おそらく、そのフリー・ジャーナリストが、マフィアに買収されたんだと思います」

とダグラス。

「この記事が出てすぐ、例の〈黒いオルフェ〉から脅迫メールがきました。〈日本が危いぞ〉という脅迫です。確かに、この週刊誌が、ちゃんとした週刊誌だけに、ことは深刻です。一部のペット雑誌には、このことをとり上げた記事も出はじめています。早い話、〈アメリカ製のドッグフードは危い〉という噂が流れはじめています」

ダグラスは、ため息をついた。

「日本で売られてるドッグフードは、アメリカ製が多いのかな……」

と爽太郎。

「ええ……。日本の店に並んでいるドッグフードは、主に、アメリカ製、オーストラリア製、そして日本製です。が……比率としては、圧倒的にアメリカ製が多い。逆に言うと、経済大国の日本は、アメリカのドッグフード業界からすると、大切な市場なんです」

とダグラス。

「ここまでお話しすれば、わかってもらえるでしょう。なぜ私が、ここにいるか」

と言った。

「私たちとしては、日本の市場を、マフィアから守りたい。そのためには、強力で効果的な広告キャンペーンを打つ必要があると判断しました」

とダグラス。爽太郎を見た。

「たまたま、ニューコークでCFのフェスティバルがあって、私と協会の役員たちは、さまざまな作品を観ました。特に日本の作品は多く見ました。その中でも、あなたがつくったあの作品は素晴らしかった。実証的でありながら、一種のロマンティシズムのようなものを感じさせる……。私と役員たちは、迷わず、あなたにこの仕事を依頼しようと決めたんです」

ダグラスは、爽太郎を見たまま言った。

「彼は、ああいうドキュメンタリー・タッチのCFをつくらせたら、世界一だと言われていますよ」

わきから、氷山が口をはさんだ。ケイトが、ダグラスのグラスにワインを注いでいる。爽太郎は、口に運ぼうとしていたグラスを止めた。何秒か、庭を眺めていた……。そして、

「……そうか……」

と、つぶやいた。

5　犬は、どこへいった、犬は……

1

　そこにいる全員が、爽太郎を見た。

「……どうした」

　と熊沢。爽太郎は、熊沢を見た。

「ほら、ニューヨークで、おれに仕事をしてくれと言ってきた〈KBシステムズ〉っていう会社があっただろう」

「ああ……防弾ガラスを車に装備する会社か」

「そうだ。派手なデモンストレーションをやってくれたあそこさ」

　爽太郎は言った。英語で、ダグラスにことのなりゆきを説明した。ダグラスは、うなずきながら聞いている。

「あの件は、どうも、納得できなかったんだ。仕事の依頼が急すぎたし、あの会社の連中も、うさんくさかった」

と爽太郎。防弾ガラスに拳銃を撃ってきた連中の、もの慣れた拳銃さばきを思い出していた。ダグラスにも説明した。

「もし、あの仕事の依頼に別の理由があるとすれば、話のつじつまは合う」

「別の理由？……」

とダグラス。

「つまり、おれをニューヨークに足止めしておくために、あの仕事を依頼してきたとしたら、つじつまが合う」

と爽太郎。

「……ということは？……」

「早い話、あんたのドッグフード協会が、おれに仕事を依頼するということが、敵にばれていたと仮定する。そこで、マフィアとしては、おれをニューヨークに足止めさせるために、あの仕事を依頼した。そう仮定すると、謎がとける」

爽太郎は言った。

「ということは……私たちの協会役員の中に、マフィアに情報を流した裏切り者がいると？……」

「この、日本でのキャンペーンについて知っている役員は何人いるのかな？」

「この件に関しては、私以外に確か七人の理事たちが知っている。理事会の了承をとる必要があったからね……」

「その七人の理事が一人もマフィアに買収されていないという確信は？」

爽太郎は、ダグラスに訊いた。ダグラスは腕組み。

「うーむ……・そう訊かれると、完璧《かんぺき》な自信はないな……」

とダグラス。

「さっきも言ったように、ドッグフードというのは、巨大産業なんだ。だから、今回のゆすりに関して、マフィアとしては、相当な金を用意しているはずだ。いくらまともな協会の理事でも、ケタちがいの金を積まれれば、買収されないという保証はないな……」

と言った。

「……もし、あなたに仕事を依頼しようとした会社が怪しいとしたら……」

とダグラス。そこまで言って、言葉を切った。

「さっそく調べてみよう」

と言った。内ポケットから携帯電話をとり出した。アメリカにもつなげる携帯電話らしい。

「あっちは、いま夜中じゃないのか?」

と爽太郎。

「問題ない。24時間スタンバイしてる連中を雇ってるんだ。一種の危機管理ってやつでね」

ボタンをプッシュしながら、ダグラスは言った。やがて相手が出た。

「やあ、フランク。こんな時間にすまないが、ちょっと調べてほしいことがあるんだ。ある会社の実態なんだが」

と言って爽太郎を見た。

「〈KBシステムズ〉、場所はブロンクスだ」

と爽太郎。ダグラスが、それを相手に伝えた。

2

携帯電話が鳴ったのは、15分後だった。二本目の白ワインを飲みはじめた時だった。ダグラスが携帯で話しはじめた。6、7分で終わった。携帯を切り、爽太郎を見た。

「当たりだ。〈KBシステムズ〉は、マフィアの息がかかった会社だ。確かに、車に防弾ガラスを装備したり、車を改造したりしているが、その客は、ほとんどが〈組織《シンジケート》〉の連中か、それとつながりのある実業家だそうだ」

ダグラスは言った。大きく息を吐いた。

「ということは、おたくの協会が、おれにCFの仕事を依頼しようとしていることは、敵にはつつ抜けなわけだ」

と爽太郎。

「となると、この座敷に、いつロケット弾が撃ち込まれても不思議はないな」

と言った。微笑し、ワインをぐいと飲んだ。ダグラスは、渋い表情。

「いや……まいったな……とんだ誤算だ……。さて、どうしたものか……」

と、つぶやいた。その時、

「何か、お困りごとでも？」

と熊沢が言った。

「……いや……こういう状況になってしまっては、ミスター・ナガレバに仕事を頼むわけにはいかないだろう。状況が危険すぎる」

とダグラス。熊沢は、ニヤリとした。

「危険だから仕事を断わるという人間は多いだろうが、危険だから引きうけるという人間も、いないわけじゃない。現に、ここにも一人いる」

と言った。ニヤリとしたまま爽太郎を見た。

爽太郎は、グラスを手に白い歯を見せる。

「おれが見たところ、そういう人間が、もう一人はいるようだが……」

と言って熊沢を見た。ダグラスが、爽太郎と熊沢を見た。

「……じゃ……この仕事を引きうけてくれるのか?……」

と訊いた。

「まだ引きうけると決めたわけじゃない。危険だということが、おれたちにとっては、たいして意味がないと、まあ、そういうことだ。その仕事が面白くなければ、引きうけないかもしれない」

微笑しながら、爽太郎は言った。

3

「これは、私の個人的な意見ですが、アメリカ人にうけるコマーシャルと、日本人にうけるコマーシャルは、少し違うような気がするんだ」

ダグラスが言った。爽太郎は、うなずいた。

「その通り。おれは、アメリカでもCFの仕事をしてたことがある。確かに、アメリカ人に効果があるCFと、日本人に効果があるCFは、少し違う。いや、かなり違うかもしれない」

「やはり、プロとしてもそう思うか……。早い話、アメリカ人に効果があるCFは、より実証的なものが多い」

「そう。アメリカ人ってやつは、意外に理屈っぽくて、ディスカッションが好きだったりするからな」

と爽太郎。ダグラスは、うなずいた。

「逆に、日本人にうけるCFは、情緒的なものが多い。ハートに訴えるというタイプのものが……」

と言った。今度は、爽太郎がうなずいた。

「そこまでの話は、日米で合意ができたわけだ」

と白い歯を見せて言った。

「では、今回の目的である〈アメリカ製ドッグフードは安全です〉というメッセージを、どういう形で日本人に向けてコマーシャルで表現するかだ。これは、かなり難しいのでは？」

とダグラス。爽太郎は、カツオの刺身を口に入れ、冷えた白ワインを飲んだ。

「簡単じゃないと思う。が、不可能とも思えない。まあ、やってみないとわからないな」

爽太郎は言った。のんびりと、カツオを口に入れ、ワインを飲んでいた。氷山が、いまにも何か言いたそうな顔をして身をのり出している。熊沢がニヤニヤしている。

4

「あの……カントク……」

という声がした。足をなげ出して文庫本を読んでいた爽太郎は、ふり向いた。リョウがいた。午後3時。流葉亭。もう、昼どきの客はいない。巖さんが、カウンターの向こうで洗いものをしている。

「なんだ……」

「あの……例の、狂牛病のコマーシャル……オレも、コンテ考えてみたんですけど……」

とリョウ。何か、紙を二枚ほど持っている。

「まあ、見せてみろ」

と爽太郎。リョウは、その紙をさし出した。Ｂ４サイズの紙。爽太郎のコンテをまねて、何行かの文字が書かれている。

〈アメリカの広大な平原〉

〈大排気量のバイクにまたがった若くてしぶい男〉

そこまで読んだ爽太郎は、苦笑い。

「お前、まだ暴走族だった頃のクセが抜けてないな」

「そんなことないっすよ。先を読んでくださいよ」

とリョウ。

〈男は、テンガロンハットにジーンズ。バイクで、牛の群れを追っている〉

〈男のアップ。『ＢＳＥ？　そんなもの知らないね』そして、しぶくタバコを吸う男。うっとりと見ている金髪美人〉

「ねっ、バイクにまたがったカウボーイ、かっこいいでしょう？」

とリョウ。

「あのよお、これって、マルボロやラッキー・ストライクの、煙草のCFをパクっただけじゃないか」

爽太郎は、苦笑しながら言った。

「あっ、そうか……。確かに、どっかで見たような……」

「だいたい、『BSEなんか知らないね』って言っても、実際、アメリカでも感染した牛が発見されてるんだから、これじゃただ、シラを切ってるだけじゃないか。そうだろ?」

「……ああ……そうっすね……」

とリョウ。爽太郎は、もう一枚の紙を見た。

〈アメリカの広大な平原〉

「またかよ」

爽太郎は笑った。

〈牧場につくられた木の柵《さく》。その中で、あばれる牛に、ロデオのようにのっているカウボー

イ〉

〈やがて、牛の背からふり落とされるカウボーイ〉

〈カウボーイのアップ。そして、セリフ『見ての通り、アメリカの牛は元気だぜ』〉

「ねっ、アメリカ牛の良さをオキュウしてるでしょう?」

とリョウ。

「オキュウじゃなくて訴求《そきゅう》だろう?」

と爽太郎は苦笑い。

「どうでもいいけど、犬はどこへいったんだよ、犬は……。今回は、ドッグフードのCFなんだぜ」

「あ、そうか……。そうでしたね……」

「もう……しょうがないなあ」

爽太郎は、リョウの頭を突ついた。時計を見る。そろそろ、猫のブチを獣医に連れていく時間だった。

5

今日も、〈橘アニマル・ホスピタル〉はすいていた。院長らしい医者と若い医者がいるだけだった。爽太郎は、トロ箱に入れたブチを、診察室に連れていく。

医者は、点滴液のビニール袋を、上からさがっているフックに引っかける。ブチの背中。その一ヵ所を消毒する。背中の皮をつまんで、点滴の針を刺した。針がよほど細いらしく、ブチは小さな声も出さない。やがて、点滴液が、ゆっくりと落ちはじめた。点滴が終わるまでには、15分ほどかかる。

爽太郎は、口を開いた。

「アメリカ製のドッグフードに、BSEに感染した牛が使われたって話、知ってるか?」

と訊いた。医者は、静かな口調で、

「……ああ、あれか……。単なるデマだったらしい。アメリカの獣医学会にいる知り合いに問い合わせたら、詳しい資料を送ってくれたよ。私のところにも、その問合せは、時どきくるからね……。〈アメリカ製のドッグフードを、うちの犬に食べさせて大丈夫か〉って問合せが……」

と言った。

「じゃ……アメリカ製のドッグフードは、安全だと？」

と爽太郎。医者は、うなずいた。

「私は、そう思っている。アメリカ中の獣医も、たぶん同じ意見だろう」

と言った。医者の口から出た、〈アメリカの獣医学会〉という言葉が、爽太郎の心に引っかかった。そういえば、ここの待合室にも、英語の専門書が、かなり並んでいた。

そして、診察室の壁。カレンダーがかかっている、そのとなりに、二枚のスナップ写真が、ピンでとめてあった。上は、医者と白人男が並んで写っている。二人とも、スーツ、ネクタイ姿。どこか、正式な場で撮った写真のようだった。

その下の写真を、爽太郎は、じっと見つめた。

キャンピング・カーのような大きな車が駐まっている。その前に、日本人の女性が立っていた。膝あたりまで写っている。彼女の年齢は、三〇歳ぐらいだろうか。髪は、後ろで束ねている。濃いブルーのフリースを着ている。下は、デニムのジーンズ。後ろの車には、赤で十字のマークが描かれているようだった。わずかに写っている背景は、広い野原のように見えた。写っている女性は、微笑している。整った表情。直線的な眉が、意志の強さのようなものを感じさせた。瞳に、光があった。

爽太郎は、そのスナップをじっと見ながら、

「これは？」

と医者に訊いた。

「アメリカの獣医学会に行った時のスナップだ」

と医者。

「それじゃなくて、下の、これは？」

と爽太郎。医者は、ふり向く。2、3秒の間があって、

「……娘だ。アメリカにいる……」

ぼそっと言った。

6　ただ、愛情のために

1

医者は、それ以上、何も言わなかった。点滴液は、そろそろ、なくなりかけている。爽太郎は、もう一度、壁に貼《は》られたスナップ写真を見た。この医者の娘……。確かに、年齢的には、あっている。その、強い光をやどした瞳を、爽太郎は見つめていた。

2

点滴は終わった。ブチをトロ箱に入れる。診察室を出る。受付カウンターのところに、若い医者がいた。治療代を言った。今日も驚くほど安かった。爽太郎は、礼を言いながら、金

を払った。若い医者に、

「店においで。サービスするよ」

と言った。彼は笑顔を見せ、

「じゃ、さっそく、明日にでも寄らせてもらいます」

と言った。

3

その翌日。夜の7時過ぎ。〈橘アニマル・ホスピタル〉の若い医者が、やってきた。ジーンズ、トレーナー姿。カミさんらしい、おとなしそうな女性を連れている。爽太郎は彼らを見ると、

「よお」

と言った。彼は礼儀正しくおじぎをして、

「遠慮なく、寄らせてもらいました」

と言った。二人は、テーブル席についた。ちょうど、店はすいていた。すぐに、巖さんがハヤシライスを二皿、運んできた。

「大盛りです」

と言った。

「申し訳ない。じゃ、いただきます」

と二人。スプーンを使いはじめた。

4

二人が食べ終わる頃、爽太郎は、ジン・トニックの入った自分のグラスを持って、彼らのテーブルに行った。嚴さんが、二人に、

「これもサービスです」

と言って、コーヒーを出した。あらためて礼を言う彼に、

「気にしない、気にしない。こっちも、ずいぶん安く猫の治療をしてもらってるんだから」

爽太郎は言った。ジン・トニックをひとくち飲む。

「ところで、あそこの院長には、娘さんがいるんだね。アメリカに行ってるとか……」

と言った。

「娘？　姉のことですか？……」

と彼。

「姉?……ってことは、君は院長の息子?」

「え、ええ……。橘ユウキといいます。優しいという字に、季節の季と書きます」

と彼。〈優季〉という字の説明をした。

「姉は、確かに、アメリカにいて、やはり獣医をしています」

「そうか……」

爽太郎は、つぶやいた。そうして見ると、優季は、姉に似た部分がある。特に直線的な眉。そして、どこか凛《りん》とした顔立ちが共通していた。年齢も、優季は二七、八歳というところだろう。

5

「姉さんは、アメリカで獣医を?」

「ええ。アラスカで、移動獣医師をやっています」

「移動獣医師?」

優季は、うなずいた。

「アラスカのような広大な土地では、町で開業している獣医だけでは、動物の病気やケガに対応しきれません。そこで、連絡をうけてかけつける移動獣医師が必要なんです。姉は、そんな移動獣医師の一人として、もう3年ほどアラスカにいます」

「なるほど……。じゃ、あの診察室に貼ってあったスナップ写真は……」

「ああ、あれは姉です。アラスカでのスナップ写真ですね。後ろに写っていた車は、キャンピング・カーを改造したもので、中で、簡単な手術なら、できるようになっているそうです。そうして対応しないと、動物を救えないことも多いんでしょう」

優季は言った。

「……姉さんは、アラスカへ一人で?……」

「……ええ……」

6

「姉は……子供の頃から、犬や猫への愛情が特に深い性格でした……」

優季が、口を開いた。巌さんが気をきかして、K《ケアリィ》・レイシェルのCDを低く流しはじめた。店に、ほかの客はいない。

「よく覚えています……。私も姉も、まだ小学生の頃でした。うちの医院で預かっていた犬や猫が、死んでしまうことがあります。それは、手をつくした上のことで、仕方ないのですが、姉は、そのたびに、ひどく悲しんでいました」

「……」

「私は、獣医になろうと決めたのが高校生の時でしたが、姉は、小学校六年生の時に、獣医になろうと決めていたようです。小学校の卒業文集にも、〈将来は獣医〉と、はっきりと書いています」

「……なるほど……。その通りに獣医になったわけだけど、なぜアラスカの移動獣医に？」

爽太郎は訊いた。優季は、コーヒーに口をつけた。

「私たちの父は、日本の獣医師科を卒業したあと、アメリカに留学しています。この分野では先進国であるアメリカから、いろいろと学ぼうと考えたようです。その後、日本で開業してからも、アメリカの獣医師たちや学会とは、つながりを保っています」

爽太郎は、うなずいた。優季は、また、コーヒーを飲む。

「……あれは……姉は高校三年、私が中学二年の時でした。父が、アメリカの学界に招かれて行くことになりました。その時、姉も一緒に行ったんです。確か、姉が自ら希望して行きました」

と優季。巌さんが、トレイにのせた飲み物を運んできた。爽太郎には、新しいジン・トニック。それに、カンパリ・オレンジらしいグラスが二つ。

「どうぞ」

と言いながら、カンパリ・オレンジを優季たちの前に置いた。優季は、

「すいません」

と言った。ひかえめな動作でグラスをとり、軽く口をつけた。

「……サンフランシスコでの学会が終わった後、父と姉は、アラスカに行きました」

「旅行で？」

「ええ。実は、父は釣りが好きなもので、アラスカに釣りに行ったんです。ちょうど、サーモンが釣れるシーズンだったようです。父たちは、川ぞいにあるロッジに2週間ほど泊まり、釣りを楽しんだそうです」

「ふむ……」

「アラスカでは、犬が飼われていることが多く、父たちが泊まっていたそのロッジにも、二匹の犬が飼われていたそうです。姉は、その犬たちを可愛がっていて、父がサーモン釣りに出てしまっても、姉は、ロッジで犬たちと遊んでいたようです」

「………」

「……ところが、ある日、その犬の一匹が、ロッジのそばの道路で、車にはねられてしまった……。はねた車は、逃げてしまったといいます」

と優季。その表情が曇った。

「はねられた犬は、重傷だった……。父は獣医だったけれど、そのロッジには、手当てをするための設備も医療器具も何もありません。けれど、ケガをした犬には緊急手術が必要だったそうです」

「……」

「移動獣医にも連絡をとろうとしたんだけれど、その近くには、移動獣医がいなかった……。当時は、いまより移動獣医が少なかったようです。そこで仕方なく、重傷の犬を車にのせて、一番近い町にある獣医のところまで運ぼうとしたそうです。ところが、広大なアラスカですから、一番近い町といっても、デコボコ道を7時間も走らなければ着かないところらしい……。結局……その途中で、犬は息を引きとったといいます」

と優季。カンパリ・オレンジを、ゆっくりと飲んだ。

「姉は……涙を流して悲しんだそうです。もっと多くの移動獣医がこの土地にいたら……その犬は、死なずにすんだかもしれない……。たぶん、その時に、姉は、アラスカで移動獣医になる決心をしたんだろう……父は、そう語ってくれたことがあります」

「………」

「……やがて、高校を卒業した姉は、アメリカに渡り、獣医としての勉強をはじめました。そして、アメリカの国家試験をパスして、獣医師の資格をとりました。確か、二四歳の時です。その後、オレゴン州の動物病院で2年、アラスカのアンカレッジにある動物病院で2年、勤務医として仕事をしてきました。たぶん、すでに、移動獣医になる準備は、着々とすすめていたんだと思います」

「………」

「二八歳になった姉は、日本に帰ってきました。それは、アラスカで移動獣医になることを父に伝えるためでした」

「で……お父さんは⁉……」

「もちろん、本音では反対したかったと思います。アラスカの広大な土地で、女一人で……それは危険だからやめろと言いたかったでしょう。けれど……」

「……けれど？」

「一度決心したら絶対にそれを変えない姉の性格を、父は知っていました。それと……アラスカのような土地で移動獣医をやるということは、父が考える理想の獣医に近いものでした。もし自分が若かったら、同じことをやっていたかもしれないと、父は思ったといいます。そして、〈血筋だな〉とも思ったようです……」

「で……姉さんは、アラスカへ？」

「ええ。その後、すぐにアラスカに渡り、移動獣医として仕事をはじめました。もう、そろそろ、3年が過ぎます。どうやら元気でやっているようです……」

「家族としては？……」

「うちの母は、私が小学生の頃に病死しているのですが……まあ、父は、姉がいなくて寂《さび》しいのでしょう……あまり姉のことは話題にしません。話題にしないだけに、寂しいんだろうと思います。……これればかりは、仕方ありませんが……」

と優季。少し苦い微笑を見せた。

「3年前……姉がアラスカに発《た》つ日も、父は見送りに行きませんでした。かわりに私が成田まで行きました。……姉は、〈お父さんをよろしくね〉と言って旅立っていきました。何かをふり切るように……」

「……何かを？……」

と爽太郎。優季は、かすかに、うなずいた。

「……姉は……動物たちへの愛情だけを自分の心に抱いて、アラスカへ出発していったと思います。……けれど、その反面、不安や、さまざまな感情も心によぎっていたのではないでしょうか……。広大なアラスカで移動獣医としてやっていけるかという不安……。あと、待ちかまえているだろう孤独という問題もあるでしょう」

「孤独か……」

「ええ……。オレゴンやアンカレッジで獣医の仕事をしていた時は、勤務医ですから、医院には、同僚などの仲間がいます。けれど、移動獣医になると、ほとんどの時間、ひとりで過ごすことになります。その状況が、孤独感というプレッシャーになってくるはずです。その孤独感に耐えられるかどうか……そういう問題もあります」

「……なるほど……」

「それらを考えたら、不安でしょうがないでしょう……。姉は、そんな不安をふり切って……さらに、年をとっていく父は大丈夫かという思いもふり切って……そうして、アラスカに旅立っていったと思います」

優季は言った。爽太郎は、うなずきながら聞いていた。優季は、カンパリ・オレンジに口をつける。苦笑し、

「ちょっと、しゃべり過ぎましたね」

と言った。

「いや、なんの。興味深い話だったよ。ところで、お姉さんの名前は？」

「ミナコといいます」

と優季。漢字を説明した。〈美奈子〉と書くらしい。

「……まあ、とにかく、アラスカで無事にやっててくれることだけを祈っているんですが……」

優季は言った。その名前の通り、優しい性格の男らしい。店のオーディオからは、K《ケアリイ》・レイシェルの唄う〈In My Life《イン・マイ・ライフ》〉が静かに流れていた。

7

その翌日。午後。爽太郎は、猫のブチを〈橘アニマル・ホスピタル〉に連れていった。優季は、受付カウンターの中にいた。爽太郎を見ると、

「きのうは、本当にごちそうさまでした」

と言った。爽太郎は、〈なんの〉という表情でうなずいた。診察室に入る。

医者の橘が、いつものように、点滴をはじめた。点滴をしながら、

「この猫、飯は何をやってる?」

と訊いた。

「カワハギやメバルを煮つけたやつを、飯にかけて食わせてるけど」

と爽太郎。

「そいつは、人間にとっちゃうまそうだが、猫にとっちゃ、ベストな食事じゃないな。たぶん、塩分が濃すぎる。そのことも、腎臓を悪くする原因になってるかもしれないな……」

橘は言った。やがて、点滴が終わる。橘は、

「この猫にいいと思えるキャットフードを出すから、しばらく、それを食べさせてみてくれないか？　高いものじゃない」

と言った。

「キャットフードか……」

「ああ。この猫の推定年齢に合わせたものだ。栄養バランスは問題ない。味も、猫にとっちゃ悪くないと思う」

8

橘のところで買ったキャットフードを持ち帰った。缶づめだった。爽太郎は、店に戻ると、さっそく、それをやってみた。ペースト状のものを、小さな鉢に入れる。ブチの前に置いて

みた。ブチは、2、3秒、その匂いをかいでいた。そして、すぐ食べはじめた。かなり勢いよく食べている。それを見た爽太郎は、

「ほう……」

と、つぶやいた。初めて食べたはずのキャットフードなのに、がつがつと食べているブチが意外だった。それだけ良くできているキャットフードなのだろう。爽太郎は、橘の言ったことを思い出していた。〈もう少し早く、このキャットフードを食べさせていたら、腎臓の疾患を防げたかもしれないな……〉と言っていた。ペースト状のキャットフードを食べているブチを眺めながら、爽太郎は、その言葉を、胸の中でくり返し思い出していた。

9

その日の夕方。熊沢が店にやってきた。まだ、店に客はいない。爽太郎は、カウンター席でBUD《バドワイザー》を飲んでいた。巖さんがつくってくれたアジの刺身をつまみながら、ゆっくりとBUDを飲んでいた。近くの漁師から買った極上のアジだ。そこへ、熊沢がやってきた。爽太郎と並んで、カウンターのストゥールに腰かけた。

「氷山のダンナから、催促《さいそく》の電話がきたぜ。お前さんのコンテは、まだできないのかとさ

……」

と熊沢。

「だが、その心配はないようだな」

と言った。爽太郎は、箸を持ったまま、熊沢を見た。

「なぜ、そう思う？」

「そいつさ。そのアジの刺身さ。お前さんが、そういうものを食ってるってことは、海外ロケが近いってことだ。ロケに出ると、さすがに美味《うま》いアジは食えないからな」

「……なるほど……」

爽太郎は、つぶやいた。また、アジの刺身を箸でとる。ショウガ醤油《じょうゆ》をつけ、口に入れた。ＢＵＤを、ひとくち。

「ガンさん、このカンの鋭いおっさんにも、刺身をつくってやってくれ」

と言った。

7　ふり返れば、キャットフードの日々

1

「はい、おまちどう」

と巖さん。熊沢の前に皿を置いた。皿には、アジの刺身がのっていた。すでにジン・トニックを飲みはじめていた熊沢は、箸をとる。アジの刺身をつまみはじめた。

爽太郎も、同じように刺身をつまみながらBUDを飲んでいた。飲みながら、熊沢に話しはじめた。アラスカで移動獣医をやっている橘美奈子のことを話しはじめた。

刺身がなくなる頃、話し終わった。

「なるほど……。その獣医の娘さんを、CFに起用しようってことだな」

と熊沢。爽太郎は、うなずく。酒を、ジン・トニックに変えることにする。自分で、一杯

目のジン・トニックをつくりながら、

「まず、いい点は、彼女が日本人だということだ。アメリカ製ドッグフードのCFにアメリカ人を起用したら、どうしても宣伝っぽさが強く出すぎる。ところが、アメリカで仕事をしてる日本人ってのは、悪くない」

と言った。

「もう一ついい点は、彼女が獣医だということだ。ドッグフードのCFに獣医が出たら、真実味がある」

と爽太郎。一杯目のジン・トニックに口をつけた。

「確かに、お前さんの言う通りだな。……で、コンテは、どんなだ」

と熊沢。爽太郎は、B4サイズの紙を持ってきた。そこへ、ボールペンですらすらと書きはじめた。


〈広大なアラスカの荒野〉

〈まっすぐのびている道路〉

〈駐まっている、赤十字マークのついた医療用のキャンピング・カー。そのドアにもたれて立っている橘美奈子〉

〈彼女の上半身アップ。カメラはフィックス〉

〈そこへ、文字、C・I《カット・イン》《動物たちへの愛だけを胸に、アラスカを走り続ける。》〉

〈《移動獣医師・橘美奈子》〉

〈カット変わって、運転している彼女、犬の治療をしている彼女など……〉

〈器に入ったドッグフードを食べている一匹の犬。そばで見守っている彼女〉

〈オフから、彼女のNa《ナレーション》――『犬は自分でドッグフードを選べません。あなたの愛情が選ぶのです』〉

〈カット変わって、白バックに《アメリカ製ドッグフードは安全です。》の文字〉

〈そこへ彼女のNa――『私は、犬たちにアメリカン・ドッグフードを食べさせています』〉


「以上」

爽太郎が言った。熊沢がニヤリとした。コンテを気に入った時に見せる表情だった。ジン・トニックをぐいと飲む。

「悪くない」

と言った。そして、

「CFのラスト、この獣医さんに、『アメリカン・ドッグフードをおすすめします』と言わせると、いかにも宣伝くさくなっちまう。そこで、『私は、犬たちにアメリカン・ドッグフードを食べさせています』と言わせる。この方が、真実味がある。CFに、説得力が出るだろうな」

と言った。爽太郎は、うなずく。

「その通り」

言いながら、二杯目のジン・トニックをつくる。

「この手のCFで、一番大切なのは、真実味だからな。ちょっとでも嘘っぽくなったら、おしまいだ」

と言った。ジン・トニックに口をつける。

「ところで、この獣医の橘美奈子っていうお嬢さんは、CFに出ることをオーケイしたのか?」

と熊沢。爽太郎は、首を横に振った。

「これから、出演交渉するのさ」

と言った。時計を見た。夕方の6時近かった。爽太郎は、電話をとる。〈橘アニマル・ホスピタル〉にかけた。コール音三回。橘優季が出た。爽太郎が名のると、すぐに、

「あ、どうも」

と言った。

「実は、ちょっと、姉さんに関することで、話がしたいんだが、仕事が終わったら、寄ってもらえないかな」

「……姉のことで?……」

「ああ……。ちょっと大事な話なんだ」

「……わかりました」

2

7時10分過ぎ。橘優季が、店にやってきた。

「わざわざ、すまないな」

と爽太郎。優季に熊沢を紹介する。

「このおっさん、一見、ガラは悪いが、その筋の人間じゃない。こう見えても、テレビ・コマーシャルのプロデューサーなんだ」

と言った。熊沢は苦笑い。

「おれは、確かに、一見ガラが悪いかもしれないが、この流葉は、口が悪いことで超一流なんだ」

「まあ、仲間割れしてもしょうがない」

と爽太郎。優季と向かい合ってテーブルに座る。

「驚かせて申し訳ないんだが、おれは、テレビ・コマーシャルのディレクターで、このおっさんとコンビを組んで、コマーシャルをつくってるんだ」

と言った。優季は、爽太郎をまっすぐ見る。

「それほど驚いてませんよ」

と言った。

3

爽太郎と熊沢は、優季を見た。優季は、落ちついた表情で、

「流葉さんと、最初に会った時から、感じてましたよ。この人は、ただ、レストランの後継《あとつ》ぎをやっている人じゃないだろうな……。何かのプロフェッショナルだろうなと思ってましたよ」

と言った。

「うちのような獣医には、いろいろな患者というか、お客さんがきます。そういう人たちの相手をしているうちに、自然に、そういうカンが働くようになったんでしょうかね……」

優季は言った。

「……なるほどな……」

と熊沢が、つぶやいた。

「それなら話は早い」

と爽太郎。今回の仕事の、アウトラインを話しはじめた。コマーシャルの依頼人《クライアント》が、全米ドッグフード協会であることからはじまって、順を追って説明する。巖さんが、優季の前にビールと特製ピクルスを置いた。優季は、礼儀正しく、

「どうも」

と頭を下げた。爽太郎は、また話を続ける。今回のCFづくりには、妨害が入りそうなことも話した。さすがに、相手がマフィアとは言わなかった。

仕事の背景は話した。爽太郎は、いまさっき書いた文字のコンテを、優季に見せた。優季は、真剣な表情。じっと、そのコンテを見ている。5分ほどして、

「……なるほど……」

と、つぶやいた。

「こういう内容のコマーシャルだから、お姉さんに出てもらうのが、ぴったりだと思う。逆に、お姉さんの存在がなければ、このコマーシャルは成立しないとも言える」

と爽太郎。優季は、うなずいた。

「確かに、そうかもしれませんね。姉は、動物たちへの愛だけを胸に、アラスカに行ったわけですから、このコマーシャルのメッセージには、合っているんでしょう」

と言った。

「いただきます」

と言って、ビールのグラスを手にした。

「とは言っても、まだ、お姉さんとはコンタクトをとっていない。君たち家族は、お姉さんと、どうやって連絡をとってるのかな?」

と爽太郎。

「姉は、アンカレッジに、ごく小さな部屋を借りていますが、1、2ヵ月に一度しか、そこには戻らないようです。私たちとしては、急ぎではない郵便は、とりあえず、その住所に送ります」

「なるほど……」

「あと、アンカレッジには、〈動物救急医療センター〉というのがあります。そのセンターが、アラスカ中の移動獣医への中継基地になっているようです。動物が病気やケガをすると、まず、そこへ電話連絡がいきます。まあ、たとえれば、119番みたいなものですね」

と優季。ビールでノドを湿らす。

「そのセンターでは、連絡をうけると、そこに一番近い場所にいる移動獣医に連絡をとります」

「連絡方法は?」

「主に無線のようです。時には携帯電話を使う場合もあるようです」

と優季。爽太郎は、うなずいた。

「だから、もし何か、こちらで緊急なことが起きたら、そのセンターに電話して、姉に連絡をとってもらうことになると思います」

優季は言った。

「なるほど。で、姉さんの住所や、そのセンターの電話番号などは、教えてもらえるかな?」

と爽太郎。優季は、うなずいた。

「医院にいけば、そういう連絡先がありますから、大丈夫です」

と言った。そして、

「このコマーシャルのことは、姉には、日本から連絡するんですか？」

と訊いた。

「それは、どうするか、いま考えてるんだ。どうも、これは、本人に直接会って話した方がいいような気がしてる。直接話さないと、わかってもらえないと思うんだ」

「……姉の性格を考えると、そうかもしれないですね……。自分が本当に納得しないと、コマーシャルには出ないと思います。それを考えると、流葉さんが直接話すのがベストでしょうね……」

うなずきながら、優季は言った。

4

「ここはひとつ、替え玉《ダミー》のコマーシャルが必要だな……」

爽太郎は、ジン・トニックを片手に言った。

「ダミー？」

優季が訊いた。

「ああ……。コマーシャルの制作に妨害が入るかもしれない。そのために、どうでもいい企画をつくっておく必要があるな。妨害されて、ぶっ壊れてもいいダミーのコマーシャルの企画をたてておく方がいいな」

と爽太郎。ホタテのフライを指でつまむ。口に放り込んだ。巖さんが揚《あ》げてくれたホタテのフライが、大皿の上に山盛りになっていた。爽太郎、熊沢、優季の三人は、それを口に入れながら飲みはじめていた。

「それはいいが、どんなコンテにするんだ？　そのダミーは……」

熊沢が訊いた。

「もう、できてる」

爽太郎は言った。紙とボールペンをテーブルに置いた。さらさらと書きはじめた。

5

5分たらずで、コンテは書き上がった。

「ほれ」

と爽太郎。それを熊沢に渡した。

〈ビバリー・ヒルズらしい高級住宅地〉

〈カリフォルニアの陽射しがあふれている〉

〈芝生の庭。器でドッグフードを食べている中型犬〉

〈そばで見守っている白人男（中年、金持ち風）〉

〈その男の上半身アップ。男は、ドッグフードの袋を持って、しゃべりはじめる〉

〈『アメリカ製のドッグフードが安全じゃないって？　そんなのデマさ』〉

〈陽気に英語でしゃべる男。日本語の訳が画面の下に流れる〉

〈『ほら、この通り』と言って、袋からとり出したドッグフードを、自分で食べてしまう男〉

〈親指を立てて、オーケイのポーズをする男〉

〈カット変わって、白地に、《アメリカ製ドッグフードは、安全です》の文字、C・I《カッ・イン》〉

〈文字と同じ日本語ナレーション流れる〉


「ほう……いかしたコンテだ……」

と熊沢。ニヤニヤする。そして、

「アメリカ人なら、本当につくりそうなコマーシャルだな」

と言った。コンテを優季にも見せた。優季は、それをじっと見ている。そして、

「こういうアイデアって、どうやって発想するんですか？」

と訊いた。爽太郎は、ジン・トニックを、ひとくち。

「このコンテは、経験にもとづいてるんだ」

と言った。

「……経験？……」

「……ああ……。おれも、以前、キャットフードを食ってた頃があってね……」

と爽太郎。興味深そうにしている優季に、ぽつり、ぽつりと話しはじめた。

爽太郎は日本を飛び出し、ロスにある南カリフォルニア大学の映画学科に入った。同じ大学に、日系四世の娘がいた。名前は、里美といった。

「おれたちは、早い話、恋人になり、おれは、彼女の部屋に転がり込んだ。自分の部屋代が払えなくなっててね」

と爽太郎。その前に、巖さんが新しいジン・トニックを置いた。

「まあ、とにかく貧乏暮らしだったよ……。映像の仕事にむけた夢だけは、たっぷりあったが、ポケットの中の金は、ひどく少なかった。……そんな生活の中で、時どき、キャットフードを食ったよ。ツナを使ったキャットフード。それを使って、ツナ・サラダをつくったり、ツナ・サンドをつくったりした。うまく味つけすれば、けっこういけたよ……。それなりに、毎日を楽しんでた」

と爽太郎。

「……じゃ……この、ドッグフードを人間が食べるっていうアイデアの素《もと》は、そこから?……」

と優季。

「まあ、ね」

爽太郎は、苦笑して言った。優季が、うなずいた。ビールのグラスに口をつけた。

「……よけいなお世話かもしれませんが、その、恋人の里美さんとは?……」

と訊いた。爽太郎は、ジン・トニックを、ひとくち。

「死んだんだ」

と言った。

8　いまも後悔している

1

ビールのグラスを持っていた優季の手が、ピタリと止まった。爽太郎を、じっと見ていた。

「別に、隠《かく》してることじゃないんだ」

爽太郎は言った。話しはじめた。あれは、復活祭《イースター》の前夜。爽太郎と里美は、シーフード・レストランから出てきたところだった。その翌週から、爽太郎は広告代理店で仕事をすることになっていた。そうなれば、収入が得られる。

「まあ、キャットフードを食う生活には、グッドバイってわけで、その前祝いをやったんだ」

ところが、レストランを出てきた爽太郎たちは、メキシコ人のチンピラ三人に、からまれた。爽太郎は、軽く、二人を殴り倒した。ところが、残る一人が拳銃を持っていた。安物の22口径だった。やつは、引きつった顔で、こっちに銃口を向けた。爽太郎が里美をかばおうとした瞬間、相手は発砲した。弾は、爽太郎のアロハシャツを貫通して、後ろにいた里美の腹に命中した。

「病院に運び込んだが、翌日の明け方、出血多量で彼女は死んだ」

爽太郎は、淡々とした口調で言った。優季が何か言いかけた。爽太郎は、それを手で制した。

「いいんだ。もう、過ぎたことだ。あれから、もう、10年以上たっている。アズ・タイム・ゴーズ・バイさ」

と静かな口調で言った。

2

優季が帰っていった5分後。爽太郎と熊沢は、カウンターで飲んでいた。巖さんが、ジャズのCDを低く流しはじめた。

「彼女の話が出たついでに訊くんだが、その時のことは、もう、完全に過去のものになったのか?」

J・ダニエルのグラスを片手に熊沢が言った。爽太郎は、しばらく、手にしたグラスを見ていた。

「……完全に過去のものになったと言ったら嘘になるな……」

と、つぶやいた。

「……いまも、後悔していることがあるよ」

「……後悔？……」

と熊沢。爽太郎は、かすかに、うなずいた。

「メキシコ人のチンピラにからまれた時のことだ……。おれは、ボクシングの心得があって、ロスの街でも、何回もチンピラを殴り倒してきた。だから、あの時も、やつらの相手をしたんだが、あれは、やめておくべきだった」

と爽太郎。ジン・トニックを、ひとくち。

「いかにもチンピラ風のメキシコ人だった。何か武器を持っていると思わなきゃいけなかった。が、おれは、自分の腕に自信があったんで、やり合った。その結果、相手は拳銃を発砲し、里美は死んだ。……あれは、おれの失敗だ。チンピラをいなして、ずらかるべきだった。そうすれば、彼女は死なずにすんだ。そのことは、いまも後悔している」

爽太郎は言った。グラスの中で、氷がチリンと鳴った。熊沢が、うなずきながら、J・ダニエルを飲んでいる。店のスピーカーから、〈After You've Gone〉が低く流れていた。男のヴォーカルが、〈君去りし後〉を静かに唄っていた。雨が、窓を濡らしはじめていた。

3

翌日。午後1時過ぎ。店の電話が鳴った。とる。〈S&W〉の氷山だった。

「さっき、熊沢君から、ダミーのコンテを送ってもらったよ。これはこれとして、本物のコンテは、どんなものなんだ」

「これから話すが、あんたの頭の中だけに書きとめてくれ。絶対にメモなど、とらないように」

「……あ、ああ……。わかった」

と氷山。爽太郎は、橘美奈子を起用したコンテを、電話で説明した。3、4分で説明を終える。

「……うむ……。それは、いけるだろう」

と氷山。

「それはそれとして、このダミーの企画は、どうするんだ」

「どうもこうもない。実際に制作するのさ」

「制作する？」

「ああ、その通り。考えてもみろ。敵は、ドッグフードのＣＦをおれが制作することまでつかんでるんだ。おれがアメリカに入国したら、しつこくマークしてくるだろう。やつらの目をごまかすためには、半端なことをやってちゃダメだ。だから、このダミーのＣＦは、実際につくる。ロスでカメラを回すんだ。で、そのあと、おれと、リョウか熊さんの二、三人で、こっそりアラスカへ飛ぶ。ロスからアラスカへは国内線を使うから、チェックが甘いはずだ。それから、アラスカで本番のＣＦを撮る」

「……なるほどな……」

「今回は、よぶんに一本撮るぐらいの予算はあるんだろう？」

「あ、ああ……。予算はたっぷりある、問題ない。……しかし……そうか……そこまでやるか……」

「ああ。相手が並みのチンピラじゃないってことを忘れてもらっちゃ困るぜ。こっちも、命がけだ」

「……わかった……。で、このコンテは、ドッグフード協会のミスター・ダグラスには、どう説明しよう……」

「まず、そのダミーのコンテを訳してアメリカにFAXで送ってくれ。そして、本物のコンテは、いまと同じように電話で説明するから、こっちに電話をくれと伝えてくれ」

「……わかった……。じゃ、さっそくやるよ」

「よろしく」

4

国際電話がきたのは、翌日。午前10時頃だった。ダグラスの声が、一拍遅れで受話器から響く。

「ミスター・氷山から、コンテのFAXが協会にきたよ。あんたに直接電話してくれということだった」

「ああ。いま、その電話は、盗聴されていないか？」

「大丈夫。ホテルのロビーにある電話だ」

「わかった。じゃ説明する。FAXでいったコンテはダミーだ。敵の目をあざむくための、ダミー企画だ。笑えるコンテだが、なんの説得力もない」

「……確かに……」

「だが、表向きは、それが本物のコンテということにして、実際に制作する」

「……わかった」

「で……本物のコンテは、こうだ。これは、あんたの頭の中だけにメモしてくれ」

と爽太郎。本物のコンテを説明した。聞き終わったダグラスは、

「……うむ……。さすがだな……。そいつは日本人には効くだろう……」

と言った。

「そう願いたい。で、おれやロケのスタッフは、あと10日ぐらいで、ロスに行く。そして、4、5日かけて、ダミーのCFを撮る。その後、おれと、あと一人か二人で、こっそりアラスカに行く。そして、本物のCFを撮る。了解？」

「わかった……」

「じゃ、長電話はよくないから切るぜ」

爽太郎は言った。電話を切った。

5

「カントク、ひとつ質問していいですか？」

とカメラマンの安井。爽太郎の方を向いて言った。4日後。六本木にある〈S&W〉のミーティング・ルーム。いま、ダミーCFの制作ミーティングをやっていた。集まっているスタッフたちは、もちろん、これがダミー企画だとは知らない。

爽太郎が、コンテの説明を終えたところで、カメラマンの安井が、口を開いた。

「この、白人男が、ドッグフードを自分で食っちゃうカットですが、ここは、本物のドッグフードを使うんですか？」

と訊いた。

「本物を使う、と言いたいところだが、モデルのおっさんが、うまそうに食ってくれなきゃ困る。だから、ドッグフードに似たビスケットでも使おう」

と爽太郎。リョウを見る。

「ロスに着いたら、さっそくビスケット探しだ。いいな」

と言った。

「うっす」

リョウが答えた。

6

その2時間後。爽太郎と熊沢は、バーにいた。六本木を見おろすホテル最上階のバーだ。まだ、午後5時15分。窓の外は、明るい。ほかの客は、いない。爽太郎は黒ビールを、熊沢はダイキリを飲んでいた。

「ところで、本番のアラスカ・ロケだが、誰が行く」

と熊沢。

「いろいろ考えたが、おれとリョウで行こうと思う。ロスでの仕事が終わって、釣りでもしにいくふりをする。ちょうど、アラスカは釣りのシーズンだしな？　あんたは、ロスで撮ったフィルムを持って帰国してくれ。そして、敵の目をそらす」

爽太郎は言った。熊沢は、うなずいた。

「お前さん、アラスカには行ったことがあるんだったよな……」

「ああ……。ロスのプロダクションで仕事をしていた時だ。アウトドア用品の仕事で、2週間ほどロケをしたことがある。ある程度は、知ってる。食い物がまずいことも含め……」

苦笑しながら、爽太郎は言った。

「で、撮影は？」

「今回は、ビデオで撮ろうと思う。最近、小型で、えらく画質のいいプロ用ビデオがアメリカで実用化された。コーディネーターのアレンに手配させといてくれ。そいつを使って、おれが撮影する。小型のビデオ・カメラ一台なら、CFのロケをしてるようには見えないだろう」

「なるほどな……」

「その小型カメラを使って、橘美奈子の仕事ぶりを撮っていく。ロード・ムーヴィーを撮るように……。その方が、ドキュメンタリーらしい感じが出るだろう」

と爽太郎。熊沢は、うなずく。そして、

「アラスカか……」

と、つぶやいた。

「なんなら、行くか？」

「いや、やめとこう。熊のステーキは、お前らにまかせるよ」

7

その翌日。爽太郎は、〈橘アニマル・ホスピタル〉に行った。猫のブチの点滴を終える。

受付で、優季が待っていた。爽太郎に、メモ用紙を渡した。

「これが、姉が借りているアパートメントの住所。その下が、〈動物救急医療センター〉の住所と電話番号です」

と言った。

「姉には、あなたのことを書いた手紙を出しておきました。あなたがアンカレッジに着くまでに、姉がそれを読むかどうか、わかりませんが、いちおう……」

「ありがとう」

爽太郎が言った時、院長の橘が、診察室から出てきた。

「……アラスカで、美奈子に会うそうだね……」

「……たぶん」

「会ったら、伝えてくれ。こっちのことは心配するな。納得できるまで、そっちで頑張れと……」

橘は言った。まっすぐに、爽太郎を見た。爽太郎も、橘をまっすぐに見る。

「わかった……」

とだけ言った。

8

成田空港。出発ロビー。午後4時過ぎ。

爽太郎たちは、チェックインの手続きをしていた。主に若いスタッフたちが、動き回っている。今回、撮影クルーは、フルに揃えてある。撮影部は、カメラマンの安井と、チーフ、セカンド助手の二人。照明部も、照明チーフの中川と、アシスタントが二人。ヘア・メイクの千晴、スタイリストのなつみ。今回は、同時録音なので、音声のスタッフも三人。全部で、一五人近い。いま、撮影部の助手たちが、撮影機材の入ったジュラルミンのケースをチェックインしている。

爽太郎と熊沢は、ロビーにあるスナックバーで、ビールを飲みはじめていた。さりげなく、ロビーを眺める。特に、爽太郎たちを見張っているような人間は見当たらない。

同じように、荷物をチェックインしているロケ隊が何組かいる。ロスに行くチーム。ハワイにいくチーム……。

「あそこにいるのが、日東エージェンシーの連中、むこうがホリゾン企画の連中だ……」

ビールの紙コップを手に、熊沢が言った。そして、

「ロケ隊ってのは、どうして、一見してわかるのかな……」

と言った。

「ガラが悪いからさ」

爽太郎が言った。熊沢は笑う。

「いつもながら、お前さんの、そのひとことには感心するよ」

「30秒、15秒で鍛《きた》えてるからな」

爽太郎は言った。ビールを飲み干した。ロビーのフラップ・ボード。ロス行きJAL62便の案内が表示された。

9

「ハイ、ソータロー」

とコーディネーターのアレン。爽太郎と、がっちり握手した。ロス国際空港。午前10時40分。ロケ隊が、到着ロビーから出てきたところだった。

「今日は、立派なバスを用意しといたよ」

とアレン。ロビーを出たところには、観光バスのような大きさのバスが駐めてある。今回は、スタッフの数も多い。しかも、なるべく目立つよう、アレンに注文しておいたバスだ。撮影クルーたちが、バスに機材を積み込みはじめた。

10

「ちょっと、ソータロー」

とアレン。爽太郎のとなりにきて座った。バスが、空港を出発したところだった。

「どうした……」

「それが、ちょっと、変なんだ」

「変？」

と爽太郎。アレンは、うなずく。

「モデルが、まったく集まらないんだ」

と言った。

9　そのうち、ＣＩＡがスカウトにやってくる

1

「モデルが、集まらない？……」

　爽太郎は訊き返した。モデルとは、ダミーＣＦのための男。ドッグフードを自分で食べてしまう白人男のことだ。ロケ隊がロスに着いたら、すぐにオーディションできるように、アレンに頼んでおいた。

「もう１週間前から、あちこちのモデル・エージェンシーに声をかけてあるんだけど、オーディション希望者が、一人もこないんだ。どうにも、おかしいよ」

　とアレン。表情を曇らせた。爽太郎は、うなずいた。

「……わかった……。その件は、ホテルに着いたら、ゆっくり話そう」

2

バスは、ハリウッド大通り《ブルヴァード》にあるホテルに着いた。便利な場所にある大ホテルなので、よく、ロケ隊が泊まるホテルだ。それだけに、目立つホテルでもある。今回は、わざと、このホテルをとってある。

ホテルの玄関に、バスが駐まる。スタッフが、撮影機材をおろしはじめた。爽太郎も、バスからおりる。大通りを眺める。まぶしいカリフォルニアの陽射しに眼を細めた。

その時だった。一台のリムジンが、見えた。黒の大型リムジン。それが、ゆっくりと大通りを走ってくる。やけに、ゆっくりとしたスピードだった。そして、ホテルの前を、通り過ぎた。大型のサメが、ゆっくりと泳ぎ去るように、通り過ぎた。窓には、スモーク・グラスを使っている。乗っている人間の姿は、まったく見えない。

爽太郎は、眼を細めたまま、ゆっくりと走り去るリムジンを見送っていた。

3

その1時間後。部屋で荷物をほどき、シャワーを浴びた爽太郎は、熊沢の部屋に行った。熊沢は、すでにCOORS《クアーズ》を飲んでいる。アレンは、部屋から、どこかに電話している。爽太郎も、冷蔵庫を開ける。COORSの缶を出した。プルトップを開ける。ひとくち……。

アレンが、電話を切った。

「ダメだな。いま、リストアップした最後のモデル・エージェンシーと話したんだけど、適役のモデルはいないと言ってきたよ」

とアレン。何かファイルを片手に言った。

「こっちの希望は、陽気にしゃべれる中年男というだけだ。適役のモデルや役者がいないはずはないんだ。なんせ、ここはハリウッドなんだから……」

と言った。

「当然、妨害が入ってるのさ」

と爽太郎。アレンは、うなずいた。

「しかし、これだけの数のモデル・エージェンシーに圧力をかけられるとは、さすがにマフイアだな」

と言った。

「……さて、どうするかな……」

と熊沢。アレンを見た。

「もう少し、当たってみるよ。モデル・エージェンシーに所属していない、フリーの人間もいるから、声をかけてみよう。あと1日2日、待ってくれないか？」

とアレン。爽太郎と熊沢は、うなずいた。

4

電話が鳴ったのは、午後4時過ぎだった。爽太郎の部屋。その電話が鳴った。とる。相手は、何も言わない。3、4秒……。そして、低い男の声が、受話器から響いた。

「ゴーバック・トゥ・ジャパン（日本に帰りな）」

と言った。威圧《いあつ》するような口調だった。

「フー・アー・ユー？」

と爽太郎。だが、相手は答えない。不気味な沈黙……。そして、もう一度、

「ゴーバック・トゥ・ジャパン」

とだけ言った。そして、電話は切れた。爽太郎は、しばらく、受話器を持っていた。やがて、ニヤリとした。受話器を戻した。部屋のバーにいく。ウオッカ・トニックを、つくった。それを持って、窓際に行った。ベランダのむこうには、ロスの街が拡《ひろ》がっていた。パームツリーが、かすかに揺れている。傾いた陽射しが、ほかのホテルの壁に、パームツリーの影をなげかけている。大通り《ブルヴァード》を、車が、ゆっくりと流れていく。その通りの向かい側。グレーのキャデラックが一台、駐まっている。ホテルの玄関を見張っている。爽太郎は、そんな光景を眺める。ウオッカ・トニックを、ゆったりと飲む。そうしながら、爽太郎は考えをまとめていく……。

5

「ところで、晩飯はどうする?」

ホテルのロビーで、熊沢が言った。一五人のロケ隊が、全員で同じ店に行くのは、手間がかかる。それぞれ、適当な人数で飯をすますことになっていた。爽太郎、熊沢、リョウ、そしてアレンの四人は、ホテルのロビーに集まったところだ。

「寿司にしよう」

爽太郎は言った。熊沢が、〈ほう……〉という表情をした。アレンが、携帯電話をとり出す。ウイルシャー大通りにある寿司バーに予約の電話を入れた。

6

「また一つ、問題が発生したよ」

とアレン。中トロの握りに箸を出しながら言った。ウイルシャー大通りにある〈寿司バーMA《マ》TSU《ツ》〉。みなで寿司をつまみはじめたところだった。

「問題？」

と爽太郎。アレンは、うなずく。

「撮影に借りる予定だった、ビバリーヒルズの屋敷がダメになった。理由は言わないんだが、断わってきた」

「……ほう……」

アレンは説明をはじめた。その屋敷は、いま誰も住んでいない。売りものとして、不動産会社が管理しているものだという。売りものだから、家も庭も、きれいに手入れはされている。その家が売れるまでの間、ロケなどに使われれば、使用料が入る。そんな理由でロケに使える屋敷がロスには多い。

「その屋敷を管理してる不動産会社も、完全にオーケイと言ってたんだけど、さっき、急に断わるという連絡がきたんだ。理由は、一切言わずに……」

アレンは言った。

「理由は、簡単。おれたちがロケに使おうとしたからかもしれない」

爽太郎は、苦笑しながら言った。カリフォルニア・ロールを口に放り込む。COORSを、ぐいと飲んだ。

「まあ、とにかく、頑張ってくれ」

とアレンに言った。

7

翌日。夕方の5時半。爽太郎、熊沢、リョウの三人は、メルローズ通《アベニュー》りにある寿司屋〈FUJI《フジ》〉にいた。ビールを飲みはじめたところだった。アレンは、オフィスでロケの手配をしている。

「なあ、流葉。そろそろ、教えてくれてもいいんじゃないか？」

と熊沢。日本製のビールを飲みながら言った。

「今日の昼は、ラーメン屋だった。そして、また寿司屋。お前さん、いつから、こんなに日本食が好きになったんだ」

「それが、最近、愛国心に目覚めてな……」

と爽太郎。涼しい顔で言った。イカの刺身に箸をつける。

「嘘つきやがれ。なんか理由《わけ》があるんだろう。言えよ」

と熊沢。

「わかった、わかった」

爽太郎は、苦笑い。ビールを飲みながら、話しはじめた。少し声を落として、熊沢とリョウに話す。15分ぐらいかけて、話し終わった。

「なるほど……。そんな手があったか……」

「いかした作戦だろう？　そのうちＣＩＡからスカウトがくるんじゃないかと思ってるんだがな」

ビールのグラスを片手に、爽太郎は白い歯をみせた。

8

その翌日も、爽太郎たちは和食料理屋にいた。ダウンタウンにある〈かがり火〉という日本料理屋だった。アレンも、一緒だった。アレンは、席についても、忙《せわ》しく、携帯電話で連絡をとっている。やがて、それも一段落。少しくたびれた表情で、

「モデルの方が、どうにもならないな……。やっぱり、マフィアの圧力は、あなどれない……」

と言った。爽太郎は、アレンにビールをすすめる。そして言った。

「実は、そいつは、もういいんだ」

「……いい?……」

「ああ……。この状況じゃ、撮影は無理だ。あきらめたよ」

「……あきらめたっていうと?……」

「文字通り、もう、あきらめた。ロケ隊は、日本に帰るよ、アレン。だからモデルや屋敷さがしは、もうストップしていい」

爽太郎は言った。だし巻き玉子を、口に入れる。COORSを、ぐいと飲んだ。

「しかし、ソータロー。たとえダミーのコンテでも、いちおうカメラを回すんじゃなかったのかい？」

とアレン。

「そのつもりだったが、敵の妨害が予想をこえて強力だった。しかも、ホテルの前には、一日中、張り込んでる車がいる。これじゃ、身動きがとれない。そこで、作戦を変えた」

「変えた……」

「ああ、そうだ。ロケ隊は、日本に帰る。この仕事を、あきらめた。そう、敵に思い込ませるんだ」

「……思い込ませるって……どうやって……」

「あと2、3日したら、ロケ隊は本当に帰国する。ただし、おれは、帰国しないでアラスカに行く。そのためには、ちょっとした作戦が必要だ」

と爽太郎。

「……で……その作戦とは？」

とアレン。爽太郎は、声を少し落とす。

「たとえば、3日後。ロケ隊は、バスでホテルを出て、空港に向かう……。それを、敵は見張っているだろう」

「で……ソータローも、バスで空港へ？」

「もちろん、と言いたいところだが、おれじゃなくて、おれのそっくりさんが空港へ向かう」

「……そっくりさん？……」

「ああ」

「そっくりさんって、どこに？……」

とアレン。

「あそこさ」

と爽太郎。店内で働いている一人の若い日本人を眼でさした。

「……彼を、ソータローのそっくりさんに？……」

「そういうこと。背かっこう、顔の輪郭《りんかく》なんかが、似てるだろう。彼の髪型をちょっといじって、サングラスでもかけさせれば、ぱっと見には、わからないだろう。道路の向こう側から見張ってる敵には、まず、バレないだろう」

爽太郎は言った。アレンは、驚いた表情をしている。

「……彼は、いつ見つけたんだい……」

「ついさっきさ。何軒も日本料理屋を回って、やっと見つけたんだ」

と爽太郎。アレンは、しばらく考え、

「そうか……ここのところ、ソータローたちが寿司バーや日本料理の店にばかり行くと思ってたら、目的は、それだったのか……。ソータローの替え玉さがしだったんだな……」

と言った。爽太郎はニコリとし、

「そういうこと。モデル・エージェンシーの方が全滅ときいた時に考えはじめたんだ。敵の持ってる力は、予想以上に強い。いろいろな形で、撮影の妨害をしてくるだろう。それならいっそ、おれたちが撮影をあきらめたことにすればいい。実際に、撮影クルーも撮影機材もアメリカを出国する。そうなれば、やつらも、騙《だま》されるだろう」

爽太郎は言った。撮影機材が出入国する時には、カルネ通関という特殊な通関をしなければならない。

「その記録も、敵の手には渡るはずだ。それを見れば、やつらも、こっちがギブアップして帰国したと思うだろう。ただし、このホテルから空港まで、やつらは監視してくるはずだ。その時に、おれの替え玉で、敵を騙してやる。そう決めたわけだ」

と爽太郎。

「しかし、敵はこれだけの力を持った連中だから、ロケ隊全員の出国記録も手に入れるだろうな……」

と熊沢。爽太郎は、うなずいた。

「おれがアメリカを出国してないことは、いずれ連中にわかるだろう。が、その頃には、おれは、もうアラスカに行っちまってる。アンカレッジ行きの国内線には、デタラメな名前で乗るさ」

と言った。ニコリとした。爽太郎は、アレンの肩を突ついた。

「こうなったら、さっそく、替え玉君との交渉を、よろしくな」

9

3日後。午前8時半。爽太郎は、スタイリストのなつみと、ヘア・メイクの千晴の部屋に行った。部屋を開けたとたん、

「ほう……」

と、つぶやいた。

10 ナグレバ？

1

部屋のまん中。派手なアロハを着た男が立っていた。ミラーのサングラスをかけている。身長は、ほぼ爽太郎と同じ。痩《や》せ型。細身のジーンズにスニーカー。アロハとサングラスは、爽太郎の物だ。特にサングラスは、ここ2、3日、爽太郎が意識して、しょっちゅうかけていたものだ。

「髪も、ちょっといじってみたわ」

とヘア・メイクの千晴が言った。爽太郎は、うなずく。

「オーケイ」

と言った。男の肩を叩いた。彼は、ビリー吉川という。日本料理屋〈かがり火〉の従業員。

日系四世。爽太郎より少し若い二九歳。だが、サングラスをかけているので、年齢はわからない。

その時、部屋のドアが開いた。カメラ助手の佐々木が顔をのぞかせた。

「カントク、バスが来ましたけど」

とビリー吉川に言った。爽太郎は、わきから、

「スタッフも騙されるんだから、完璧だな」

と言った。佐々木は、爽太郎の方をふり向いて、びっくりした表情。

「え!?……」

と言った。爽太郎とビリー吉川を見比べる。

「まあ、いいからいいから。事情は、後からゆっくり、熊沢プロデューサーにきいてくれ」

と言った。もう一度、ビリーの肩を叩き、

「よろしくな」

と言った。ビリーは、あいまいにうなずいた。本人には、詳しい事情は何も話していない。

午前中の2時間で、300ドルのアルバイト。それだけを説明して、アレンがくどいたのだ。

2

ビリーも、なつみも、千晴も、部屋を出ていった。爽太郎は、カーテンのすき間から、下を見おろした。ホテルの玄関に、バスが駐まっている。スタッフたちが、撮影機材の入ったジュラルミンのケースをバスに積み込んでいる。

ハリウッド大通りの向こう側。黒っぽい大型セダンが駐まっている。もう2時間前から、そこにいる。あきらかに、ホテルの玄関を見張っている。

スタイリストのなつみ、ヘア・メイクの千晴の姿も見えた。バスに乗り込んでいく。そして、爽太郎の替え玉、ビリー吉川も、ゆっくりとした足どりでバスに乗り込む。照明部、音声のスタッフたちも、バスに乗り込んでいく。最後に、熊沢が乗り込んだ。

やがて、バスのドアが閉まる。ゆっくりと、ホテルの玄関からはなれていく。大通りに出ていく。向こう側に駐まっていたセダンが発進した。バスの50メートルぐらい後ろについて通りを走りはじめた。それを見おろして爽太郎は、

「アディオス」

と言った。部屋を出る。

3

爽太郎は、エレベーターで一階におりた。一階にあるレストランに入った。半端な時間なので、レストランに客はいない。客席を抜けて、厨房に入る。驚いた顔をしているコックには知らん顔。爽太郎は、早足で厨房を抜けていった。

厨房を抜け、従業員用の通路を10メートルほど行く。突き当たりの扉を開ける。そこは、ホテルの業務用裏口だった。業者が、食材などを運び込むための通用口だった。そのドアを開ける。

一台の車が駐まっていた。トヨタの小型車。アレンが用意しておいてくれたものだ。駐まっている車に、リョウがもたれかかっていた。爽太郎の顔を見ると、

「替え玉作戦は、うまくいきましたか?」

と言った。

「たぶんな。いま、やつらは、バスを尾行して空港に向かってるよ」

と爽太郎。車に乗り込んだ。車には、すでに荷物が積んである。小型の旅行バッグの中には、アラスカで使うビデオカメラも入っている。爽太郎は、車のエンジンをかけた。リョウ

が、助手席に乗り込んだ。発進する。

4

国内線のターミナルは、すいていた。爽太郎とリョウは、アラスカ航空のカウンターに向かう。周囲に、怪しげな人間は見えない。いかにも釣りに行くらしい客が多い。釣り竿《ロッド》のケースを持っている白人客もいる。アラスカでは、サーモン釣りのシーズンがはじまろうとしている。

爽太郎は、封筒に入ったエアー・チケットをとり出した。これも、アレンが手配してくれたものだ。チケットを出してみた爽太郎は、嗤《わら》った。チケットに打ち込まれている名前……。

「おれが〈田中一郎〉で、お前が〈山田太郎〉だ」

と言った。チケットの一枚をリョウに渡した。アラスカ航空のカウンターに行く。10時30分発、シアトル経由の245便にチェックインする。ビデオカメラは、機内持ち込みにする。

5

シアトルで、トランジット。1時間半待った。爽太郎たちは、ビールを四杯ずつ飲んだ。シアトルを、午後3時40分に発つ。アンカレッジに着いたのは、午後の6時過ぎだった。けれど、まだ、明るい。

アラスカは、北部が、いわゆる北極圏に入っている。州都のアンカレッジでさえ、北極圏に近いといえる。だから、夏がはじまるこの時期、太陽の出ている時間が、やたら長い。白夜とまではいかない。が、日没は、夜の9時頃だろう。

爽太郎たちは、飛行機をおりる。空港ロビーに出ていく。国内線なので、手続きは簡単だ。肩に、小さめの荷物をかついで、ロビーを抜けていく。爽太郎は、さりげなく、あたりに目を配る。が、いまのところ、不審な人間は見当らない。

ロビーから外へ出る。陽射しは、明るい。ロスなら、午後4時ぐらいの明るさ。だが、腕時計を見ると、もう7時近い。陽射しは明るいが、さすがに風はひんやりしている。爽太郎たちは、バッグからウインド・ブレーカーを出してはおった。これも、ロスで用意してきたものだ。

爽太郎たちは、近くにあるレンタカー・オフィスに行った。全米にネットワークを持っている大手のレンタカー会社。そこに、ステーションワゴンを一台予約してある。オフィスのカウンター。金髪娘が、あいそよく、

「ハロー」

と言った。爽太郎が、予約してあることを言う。彼女は、カウンターのパソコンを打つ。うなずき、

「ミスター・ナガレバ。パスポートと、国際免許証を見せてもらえますか?」

と言った。爽太郎は、パスポートと免許証を出した。できれば、レンタカーも、偽名で借りたかった。が、さすがに、ニセのパスポートや免許証は用意できなかったのだ。

相手はマフィアだ。全米のレンタカー会社に網を張ることも可能だろう。情報がもれる可能性は、この時点で五分五分と爽太郎は予想していた。金髪の受付係が、泊まるホテルを訊いた。爽太郎は、予約してあるのとは違うホテル名を言った。

「それじゃ、いい旅を」

と金髪娘。にこやかな笑顔。レンタカーの書類とキーを渡してくれた。

車は、トーラス・ワゴンだった。アメリカでは、最も目立たない車だろう。爽太郎たちは、トーラスに乗り込んだ。リョウが、

「あのオネーサン、美人でしたね」

と言った。爽太郎は、苦笑い。にこやかに笑顔を見せていても、もう、爽太郎のことをどこかに連絡していないとは限らないのだ。エンジンをかける。走り出す。

6

8時少し前。ホテルにチェックインした。いわゆる大ホテルではない。どちらかといえば、目立たない小さめのホテルだ。爽太郎とリョウは、それぞれの部屋に入る。途中で買ってきたマクドナルドのハンバーガーをビールで流し込む。ぐっすり眠った。

7

「このあたりだな……」

爽太郎は、つぶやいた。車のスピードを落とした。アンカレッジの中心部から、少し離れたところ。ディレーニー公園の近く。橘美奈子が借りている部屋があるはずだった。爽太郎は、住居表示を見ながら、ゆっくりと車を走らせる。やがて、赤レンガ二階建てのアパートメントが見えてきた。

「たぶん、あれだな」

爽太郎は言った。ブレーキをゆっくり踏む。アパートメントの前で駐めた。エンジンをかけたまま、おりた。住所を確かめる。間違いない。

爽太郎たちは、アパートメントの建物に歩いていく。橘美奈子の部屋は、104号室。1階の端だった。その部屋の前には、車が駐まっていない。ということは、本人は留守だろう。アラスカでは、車なしに行動することは難しい。

それでも、爽太郎は、部屋の玄関に歩いていった。赤レンガのステップを三段上がると、ドアがある。ドアには、小さなプレートが貼られていた〈TACHIBANA《タチバナ》〉とだけ刻まれたプレートだった。

ドアのわきにある押しボタンを軽く押した。かすかに、中でチャイムが鳴っている音……。けれど、ドアは開かない。やはり留守だ。仕方ない。爽太郎たちは、車に戻った。

8

〈動物救急医療センター〉は、デパート〈J・C・ペニー〉の近くにあった。コンクリート三階建てだった。屋上には、高いアンテナが立っていた。おそらく、無線のアンテナだろう。

　爽太郎は、建物の駐車スペースにトーラスを突っ込む。リョウと、玄関に歩いていく。ガラス張りのドアを開ける。すぐに、カウンターがあり、その向こうがオフィス・スペースのようだった。

　白人男が一人、無線で誰かと話していた。無線独特のザーザーと割れた声が、スピーカーから流れている。

「そうだ、ジェフ。ノース・ポールの近くだ。犬の病状は、いま言った通り。あまり良くない。急いで行ってくれ」

と男。マイクに向かって言った。雑音まじりの返答。たぶん、〈オーヴァー〉と言ったらしい。

　受付の近くでパソコンのキーを叩いていた白人女が爽太郎たちに気づいた。立ち上がる。カウンターに歩いてくる。太った中年女だった。

「何か?」

「あの、ミナコ・タチバナという獣医がいるはずなんだが、彼女に連絡をとりたい。日本から来たんだ」

　爽太郎は言った。彼女は、うなずく。

「ミナコね。無線連絡はとれると思うわ。で、あなた名前は？」

「ナガレバだ」

「ナグレバ？」

「違う。ナグレバじゃなくて、ナガレバ」

と爽太郎。苦笑い。そばにあったメモ用紙に、〈N《ナ》AG《ガ》AR《レ》EB《バ》A〉と書いた。彼女に渡した。彼女は、うなずく。

「ハリー」

と言いながら、無線機のところにいる男に歩いていく。メモを渡し、説明している。ハリーと呼ばれたのは、口ヒゲをはやした四〇歳ぐらいの白人男だ。チェックの長袖シャツを腕まくりしている。無線のマイクを握った。

「ミナコ、とれるか？　こちらセンター。ミナコ、とれるか？　こちらセンター」

と呼んだ。5秒ほどして、雑音まじりの応答がきた。女の声らしいとしか、わからない。

「あんたに、日本からお客だ。ナガレバという人だ」

とハリー。また雑音まじりの応答。かすかに〈2日〉という言葉の切れはしが爽太郎たちの方にまで聞こえた。

「わかった」

とハリー。爽太郎たちの方へ向きなおる。

「ミナコは、アンカレッジに戻ってくるまでに2日ぐらいかかるそうだ。どうする?」

「じゃ、戻ってきたら、ホテルに連絡をくれるように伝えてくれ」

と爽太郎。いま泊まっているホテルを伝えた。ハリーは、うなずく。また、マイクを握る。相手にそれを伝える。また、雑音まじりの応答。

「了解」

とハリー。無線のマイクを置いた。

「ミナコには伝えたよ」

「ありがとう。……しかし、あんた、そんなに雑音まじりで、よく聴きとれるな……」

と爽太郎。ハリーは、口ヒゲの下から白い歯を見せる。ニヤリとして、

「これでもプロだからな」

と言った。

9

それは、翌日の午後だった。

爽太郎とリョウは、アンカレッジの中心部にある和食レストランで昼飯をすませた。その帰りにブック・ストアに寄った。爽太郎は、アラスカ全土の詳しい地図帳を買った。リョウも、何かブック・ストアの紙袋を持って店を出てきた。

「お前、何買ったんだよ」

「えへへ」

とリョウ。

「ムダな質問だった。ヌードグラビアがいっぱいの雑誌だな」

「どうしてそれが?」

「わかるさ。英語が読めないお前が、本屋で買うものといや、それぐらいしかないだろう」

と爽太郎。苦笑い。車に乗り込む。エンジンをかけた。

10

ホテルに戻ったのは、午後2時近くだった。ホテルのわきにある屋外駐車場にトーラスを駐めた。爽太郎たちは、ホテルの玄関に歩きはじめた。玄関近くまできて、

「あっ」

とリョウが言った。

「車に忘れものしたっす。雑誌、雑誌」

とリョウ。爽太郎は、苦笑い。車のキーをリョウに放った。リョウがキーをうけ取る。車の方に、早足で戻っていく。鋭いタイヤノイズが聞こえたのは、5秒後だった。急発進するタイヤの悲鳴！　そして、何かにぶつかる鈍《にぶ》い音。爽太郎は、ふり向いた。一台のセダンが、駐車場から道路に走り出していった。爽太郎は、走り出した。ホテルの建物の角を曲がる。駐車場のアスファルトの上。リョウがうつ伏せに倒れていた。走り寄る。リョウの頭のあたり。赤黒い血が、アスファルトに拡がりはじめていた。

11 美人のナースを、よろしく

1

担当医は、若い白人だった。救急治療室から出てくる。爽太郎の方に歩いてきた。リョウが、ここに運び込まれて、約1時間半がたっていた。

「命に別状はありません」

医者は言った。

「大腿骨《だいたいこつ》、つまり太ももの骨にヒビが入っています。肋骨《ろっこつ》にも、一ヵ所、ヒビが入っています。だが、あとは普通の打撲傷ですね」

と言った。爽太郎は、大きく息を吐いた。

「脳のCTスキャンでも、異常は見当らなかった。脳波も心拍も、正常です。車にはねられたにしては、運がよかった方でしょう。地面に落ちた時、頭から落ちずに、たぶん腰のあたりから落ちたようです」

と医者。爽太郎は、うなずいた。

「本人と話せますか?」

「鎮痛剤を打ってあるんで、ぼうっとしてると思いますが、少しなら話せると思いますよ」

と言った。治療室の入口を開けた。爽太郎は入っていく。リョウの頭には、包帯が巻かれている。腕には、点滴の針が刺さっている。爽太郎に気づくと、リョウは、少し首を動かした。

「……やられちまいましたよ。……すんません」

と、かすれた声で言った。

「無理に話さなくてもいい。が、相手は見たか?」

「……いえ。タイヤの音が聞こえたんで、ふり返ったとたん、はねられて……」

「そうか……」

爽太郎は言った。医者が日本語をわかる場合も考えて、つっ込んだ話はしないようにする。

「運が悪かったな。命に別状はないそうだから、ゆっくり休め」

と言った。

治療室を出る。男が二人、いた。スーツを着た白人男。一人は五〇歳ぐらい。もう一人は、ずっと若い。三十代の中頃だろう。一目で、警官だとわかった。五〇歳が、上着の内側から警察手帳を出した。爽太郎に見せる。

「アンカレッジ市警のハリスといいます。英語は話せますか?」

と言った。

「少しなら」

爽太郎は答えた。ハリスは、うなずく。

「お友達は、お気の毒でした。……轢《ひ》き逃げ事件ということで、われわれも、こうして話を聞きにきているわけですが、犯人について、何か、心当たりはありますか?」

爽太郎は、首を横に振った。あくまで、観光客のふりをすると決めていた。

〈どうしてこんなことが起きたのか、わからない。われわれは、釣りと観光のためにアラスカにやってきた。2、3日前に着いたばかりなのに〉という内容を、わざと、上手でない英語で言った。ハリスは、うなずいた。

「そうなると、たまたま、お友達が被害にあったと考えられますね」

と言った。

「ここアラスカでは、他の州に劣らずアルコール中毒患者の数が多い。広大で自然にあふれていても、住人の中には、それに退屈してしまう人間もいる。あと、アメリカのほかの州と同じで、失業者の数も多い。そんな連中が、アルコールに走るんです」

とハリス。爽太郎は、うなずいた。以前、アラスカに来た時に、そのことには気づいていた。昼間から酔っぱらって、歩道に座り込んでいる人間がいる。ロスのダウンタウンなどと同じ光景だった。大自然に囲まれたアメリカの中都市に見えるアンカレッジにも、そんな光と影がある事に爽太郎は気づいていた。

「おまけに、最近じゃ、いわゆるドラッグも持ち込まれている。そういう中毒患者《ジャンキー》が、ひき起こす事件も多くなってきた。われわれ警察としても頭をいためているんです」

ハリスは言った。

「今回の轢き逃げ事件も、そんな連中が偶然にひき起こしたとしか考えられない。私たちとしては、アルコールやドラッグが原因による犯罪歴のある者たちを洗いはじめます」

とハリス。爽太郎はうなずき、

「よろしく」

と言った。ハリスと若い警官は、病院の廊下を歩き去っていく。爽太郎は、その後ろ姿を見送る。リョウが、偶然はねられたなどとは、思っていなかった。が、警察にそれを言っても意味がないこともわかっていた。

2

その夕方。爽太郎は、行動を開始した。

まず、レンタカーを替えた。街の中に、いかにも個人でやっている感じのレンタカー屋を見つけた。そこで、紺のエクスプローラーを借りた。そして、ホテルも替えた。アンカレッジのはずれにある小さなホテルを予約した。自分とリョウの荷物をまとめる。そのホテルに移った。いまのところ、尾行してくる車はない。

夜9時半。病院に行った。リョウは、普通の病室に移されていた。個室だった。事件性のある患者だという判断だろう。リョウは、眠っていた。鎮痛剤が投与されているらしい。病室の出入口で、担当医と出会った。

「大丈夫です。いまは眠っていますが、バイタルは安定しています」

と医者。爽太郎は、うなずく。

「せいぜい若い美人のナースをつけてやってくれ」

と言った。医者は、ニヤリと白い歯を見せ、親指を立ててみせた。

3

翌日。午前10時半。爽太郎は、ホテルを出た。エクスプローラーを運転して、橘美奈子のアパートメントに向かった。そろそろ、彼女がアンカレッジに戻ってくる頃だった。戻ってきたらホテルに連絡してくれと、〈動物救急センター〉には伝えておいた。が、爽太郎は、昨夜、ホテルを替わった。彼女が元のホテルに連絡しても、連絡はつかない。

爽太郎は、美奈子のアパートメントに向かって、ゆっくりと車を走らせる。時どき、ミラーを見る。尾行してくる車は、ない。このアンカレッジの街は、つくづく尾行には向かないと爽太郎は思った。

まず、道路が、マス目のようにきっちりとつくられている。すべて直線なのだ。おまけに、走っている車が少ない。これでは、尾行していたら、すぐにバレてしまう。

20分ぐらい走って、美奈子のアパートメントに着いた。部屋の前に、キャンピング・カーが駐まっているのが見えた。そう大きなキャンピング・カーではない。銀色のボディ。そこに、赤で十字のマークがついている。

爽太郎は、アパートメントの前に路上駐車した。エンジンを切り、おりる。アパートメントの方に歩いていく。その前の駐車スペース。駐めてあるキャンピング・カーに目がいった。その運転席を、ちらっとのぞき込んだ。

その時だった。カチリと小さな音がした。ライターのジッポォの蓋を開ける音に似ている。けれど、ジッポォではない。拳銃の撃鉄を起こした音だろう。

「動かないで」

静かな声が、英語で言った。女の声だった。

「日本語でオーケイだぜ」

爽太郎は、英語で言った。

「じゃ、ゆっくりと、こっちを向いて」

相手が、日本語で言った。爽太郎は、ゆっくりとした動作でふり向いた。まず目に入ったのは、銃口だった。中型のリボルバー。それをのばした両手でかまえているのは、橘美奈子だった。日本で写真を見ているので、すぐにわかった。デニム地の長袖シャツ。袖は、ヒジまでまくり上げている。ストレート・ジーンズをはいている。

銃口は、ぴたりと爽太郎の顔に向けられている。

「いまその引き金をひけば、おれの頭は吹っ飛ぶが、君の車が、血しぶきで汚れることになる。あまり愉快じゃないと思うぜ」

爽太郎は言った。

「あなたの名前は？」

「流葉爽太郎。日本から来た。もしかしたら、君の弟からの手紙に書いてあるかもしれない」

「……弟からの手紙は、さっき読んだわ。……でも、あなたが、その流葉爽太郎だという証拠は？」

と美奈子。

「証拠は……そうだな……君の親父さんや弟を知っている。君の弟の優季は、左眼の下に小さなホクロがある。何かというと、頭をかくクセがある。姉さんの君の行動力に感心している半面、その行動力に多少のコンプレックスを感じているように思える。親父さんは、年齢のわりに、かなり老眼が進んでいるようだ。動物の治療をする時は右利《き》きだが、字を書くのは左利きだ。もともとは、左利きだったと思う」

爽太郎は言った。4秒……5秒……。

美奈子が、大きく息を吐いた。ゆっくりと拳銃をおろした。

4

「ごめんなさいね」

と美奈子。冷蔵庫のドアに手をかけ、

「でも、アメリカで女一人が暮らしていくためには、自己防衛《セルフ・ディフェンス》は大切なの。特に、アラスカのような土地ではね……。たいていの人が銃を持っているし……」

と言った。爽太郎は、うなずいた。

「気にしないでいいよ。おれも、しばらく、ロスで暮らしていたことがある」

と言った。今度は、美奈子がうなずき、

「優季からの手紙に書いてあったわ」

と言った。冷蔵庫を開ける。

「何にする？　ジュース、ミネラル・ウォーター、それともＢＵＤ《バド》？」

「できれば、ＢＵＤがいい」

と爽太郎。美奈子は、微笑した。

「優季からの手紙通りね……」

「というと？」

「ビールが水がわり、と書いてあったわ」

白い歯を見せたまま言った。缶のＢＵＤを爽太郎に渡す。自分は、ミネラル・ウォーターのボトルをとり出した。

彼女の部屋のリビング・ダイニングは、シンプルだった。リゾート地のコンドミニアムと似たつくりだった。カウンターの中が、キッチンになっている。リビングには、丸いテーブルとイスが二脚。壁には、アラスカ全土の地図が貼られている。ところどころ、何か書き込みがある。部屋のすみには、段ボール箱が三つほど置かれている。どうやら医薬品らしかった。この小さなアパートメントが、アラスカでの彼女の基地ということらしい。

爽太郎は、ＢＵＤのプルトップを開ける。ひとくち。美奈子は、ミネラル・ウォーターの小さなボトルを開ける。口をつけた。爽太郎が予想していたほど背が高くはない。１６０センチを2、3センチこえるぐらいだろうか。ノーメイクの肌は、軽く陽灼けしている。前髪は、眉にかかる長さ。後ろはひとつに束ねている。直線的な眉。黒目がちな瞳には、強い光がやどっていた。顔の輪郭《りんかく》は、丸みをおびて女らしい。薄いピンクのリップ・クリームを塗っていた。

5

「日本からの手紙を読んだのなら、話のアウトラインは、伝わっているだろうけど、テレビ・コマーシャルの話なんだ」

爽太郎は、さっそく切り出した。ムダに時間は使えない。

「あなたがコマーシャルのディレクターで、いま、全米ドッグフード協会のCFをつくろうとしている。そのことで、わたしに用がある。そこまでは、優季の手紙に書いてあったわ。あとは、あなたが直接話すはずだと……」

と美奈子。爽太郎は、うなずく。

「BSEに感染した牛が、ドッグフードに使われたって噂話は、知ってるだろう？」

「……ああ……あのデマね。もう、アメリカ国内では、騒ぎはおさまったわ」

「そう。ところが、それが日本にも飛び火した。いま、アメリカ製のドッグフードが危いという噂が広まってきている。そこで、そのデマをうち消すためのキャンペーンが必要になった。で、おれのところへ、その仕事が持ち込まれたわけだ」

と爽太郎。BUDでノドを湿らす。そして、コンテを説明しはじめた。

〈アラスカの広大な平原〉

〈まっすぐに続く一本道〉

〈そこに駐まっている美奈子の車。ドアにもたれて立っている彼女〉

〈彼女の上半身、アップ〉

〈そこへ、文字、C・I《カット・イン》《動物たちへの愛だけを胸に、アラスカを走り続ける。》〉

〈《移動獣医師・橘美奈子》〉

〈カット変わって、運転している彼女、犬の治療をしている彼女など……〉

〈器に入ったドッグフードを食べている一匹の犬。そばで見守っている彼女〉

〈そこへ、オフから彼女のNa《ナレーション》――『犬は自分でドッグフードを選べません。あなたの愛情が選ぶのです』〉

〈白バックに《アメリカ製ドッグフードは安全です。》の文字〉

〈そこへ彼女のNa――『私は、犬たちにアメリカン・ドーグフードを食べさせています』〉

「まあ、こういう内容のコマーシャルだ。登場するのは、君と、犬と、アラスカの自然」

爽太郎は言った。美奈子は、じっと爽太郎を見ている。さすがに、少し驚いた表情をしている。

「もし、君がこのコマーシャルに出てくれるとして、事前に伝えておかなけりゃならない事が二つある」

「……二つ？……」

「ああ……。まず、その一。このBSE騒動が起きたのは、犯罪組織のしわざなんだ。……はっきり言うと、マフィアだ。連中が、全米ドッグフード協会を恐喝《きょうかつ》するために、BSEのデマを流した。そのデマが日本に飛び火したのも、やつらのしわざだ」

「……ということは？……」

「このコマーシャルづくりは、のっけから、連中に妨害されている」

と爽太郎。これまでのいきさつを、簡潔に話した。そして、きのう、リョウが車にはねられたことも……。

「轢《ひ》き逃げ……」

と美奈子。

「ああ。警察では、アル中かジャンキーのしわざと見ているが、まず間違いなく、あれは連中がやったことだ。おれのアシスタントは、おれと間違われて、車にはねられたと思う。ということは、連中は、もう、おれがアラスカに来たことをつかんでいる」

「………」

「ただ、これは希望的観測だが、連中は、君を起用したこのコンテの内容は、つかんでいないと思う。いまのところ、やつらの目標《ターゲット》は、おれだ。けれど、おれが君と一緒に行動して撮影を開始したら、君にも危険がおよばないという保証はない。もちろん、おれが全力で守るが、相手が相手だけに、何が起きるか、わからない。これは、いま言っておかなきゃならない」

と爽太郎。美奈子は、まっすぐに爽太郎を見ている。質問は、しない。

「そして、もう一点、これはいい話だ。このコマーシャルに出てくれたら、君には出演料として一千万円が用意してある。もちろん、危険手当ても含んでだけど」

爽太郎は言った。

「……それは確かにいい話ね。わたしのあの車にも、もっといい医療設備が必要だし……」

と美奈子。

「……わかったわ……。でも、半日だけ考えさせて」

「半日でいいのか？」

彼女は、うなずいて、

「明日には、もう、出発するわ。だから、迷ってる時間は、あまりないの」

と言った。

「あなた、今夜の夕食は？」

「特に予定はない。相棒は入院してるし」

「オーケイ。じゃ、ここで夕食にしましょう」

「ありがたい。できれば、街中のレストランには行きたくなかった。こういう状況だから ね」

と爽太郎。美奈子は、うなずいた。

「アンカレッジから出てしまうと、食べられるものは限られるわ。せいぜい美味しいものを つくるわね」

と美奈子。

「6時頃に来て」

「了解。タキシードでくるよ」

「ご自由に」

彼女は白い歯を見せた。

12 もしも、へなちょこ野郎だったら

1

途中で、リカー・ショップに寄った。冷えている白ワインを一本買った。カリフォルニア産が何本か、あった。その中でも、高級なものを買った。彼女が、CFに出ることをオーケイしたら、彼女とする最初の夕食になる。もしノーと言ったら、最後の夕食になる。

まだ明るいアンカレッジの街。尾行に注意しながら、爽太郎は車を走らせた。6時5分過ぎに、彼女のアパートメントに着いた。彼女は、クリバン・キャットのトレーナーを着ていた。くつろいだ表情で迎えてくれた。

テーブルには、ちらし寿司の用意がしてあった。上には、イクラが山ほど、のっている。

さすがアラスカだ。切った海苔《のり》が、別の皿に山盛りになっている。

「豪勢だな」

ワインを彼女に渡しながら、爽太郎は言った。

「アンカレッジのいいところは、日本食の材料が手に入るところぐらいよ」

微笑しながら、彼女が言った。

2

10分後。白ワインを飲みながら、ちらし寿司を食べていた。食べはじめてすぐ、彼女が言った。

「コマーシャルに、出させてもらうわ」

グラスを口に運んでいた爽太郎の手が止まった。美奈子の顔を、まっすぐに見た。その表情に、迷いは感じられなかった。

「午後、考えたわ……。そして、このコマーシャルに出ることに決めたわ。理由は、シンプルよ」

と彼女。ワインを、ひとくち飲んだ。

「このコマーシャルが世の中に流れることで、移動獣医の存在が知られる。そして、この仕事をめざしてくれる人が、少しでも増えるかもしれない。そのことを考えて、コマーシャルに出ることにしたわ」

と言った。

「ってことは、移動獣医は、まだ不足しているわけか……」

と爽太郎。美奈子は、グラス片手にうなずいた。

「アメリカの田舎は、基本的に獣医不足だけど、アラスカは、特に深刻ね。理由はわからなくもないけど……」

「アラスカの移動獣医は、仕事がハード……」

「……そうね……。仕事以前に、生活がハード。確かに、割りに合わないと思うわ……。たとえば、ビバリーヒルズでも、日本の高級住宅地でもいいけど、そういう所で開業していれば、優雅な獣医生活が送れるでしょう。急患も少ないだろうし……。でも、わたしたち移動獣医の場合は、ほとんどが急患」

と彼女。少し苦笑した。

「1年の300日以上は、モーター・インに泊まっているか、へたをすると、車に泊まることもあるわ。寒いシーズンだと、ひと晩中、エンジンをかけたままの車で寝ることもあるわ……」

「……そんな移動獣医を続けていくためのモチベーションというか、力の素《もと》は？……たとえば、君の場合」

爽太郎は訊いた。彼女は、しばらく考える。ちらし寿司のイクラを、少し箸でつまむ。ワイン・グラスに口をつける。

「ごく簡単に言ってしまうと、充足感かしら……。さっき言ったように、センターに連絡してくるのは急患が多いし、重傷の場合も、かなりあるわ。そこへ1分でも早く駆けつけて、手当てをする。……うまく助けることができた場合の充足感は大きいわ。言ってみれば、消防隊員やレスキュー隊員と同じだと思う。その充足感が、わたしたちのモチベーションだと思うわ」

「……なるほどな……。そいつは、おれの場合と共通する部分があるな……」

と爽太郎。

「ほかのディレクターの手に負えないやっかいな仕事が発生すると、おれのところに持ち込まれる。そいつを、なんとかできた場合には、満足感も大きい……」

と言った。彼女が、深くうなずいた。

「……そういう充足感はあるんだけれど、現実的に、アラスカの移動獣医の仕事は楽じゃないわ……。だから、人数がいつも不足している……。わたしが、このコマーシャルに出ることで、移動獣医というものの存在を知ってもらうことができる。この仕事をめざしてくれる人が出てくるかもしれない。だから……」

「だから、君はこのコマーシャルに出る？」

と爽太郎。美奈子は、うなずいた。

「それは、ありがたい。で、危険の可能性については、気にならない？」

「気にならないと言ったら嘘になるわ。でも、わたしの仕事は、すでに、危険と背中合わせよ。それに……」

「それに？」

「あなたが言ってくれた。わたしを、その連中から守ると……」

「……ああ、確かに言った。だが、おれが、口先だけのへなちょこ野郎でないとは限らないぜ」

微笑《わら》いながら、爽太郎は言った。

「たぶん、あなたは、へなちょこ野郎ではないと思う。少なくとも、腹はすわっているわ」

と美奈子。

「きのう、わたしが銃を向けた時、あなたはひるんでいなかった。普通の日本人は、本物の銃を、あの距離で向けられたら、顔が引きつるわ」

と美奈子。爽太郎は微笑したまま、

「つらの皮が厚いんで、引きつらないのさ」

と言った。彼女は、苦笑。

「まあ、とにかく、あなたは、かなり度胸のある人だとは思う。だって、マフィアを相手に、しかも助手を病院送りにされて、それでも、仕事をやりとげようとしているわけだから……」

「ただ楽天的なだけの馬鹿者かもしれないぜ」

「……まあ、楽天的っていうことなら、わたしも同じよ。この仕事は、そういう部分がないと、やっていけないわ」

美奈子は言った。ワインを飲んだ。

「でも……ひさしぶりよ、誰かと日本語をしゃべりながら夕食をするなんて……」

「この平和が長く続くことを祈りつつ、だな……」

爽太郎は言った。冷えたワインを、彼女のグラスに注いだ。

3

その男に気づいたのは、スーパーに入って5分ほどした時だった。

翌日。午前10時半。爽太郎と美奈子は、アンカレッジのはずれにある大きなスーパーマーケットに行った。またしばらく、アンカレッジをはなれる。その前に、食料品などを買い込むためだ。

スーパーマーケットには、爽太郎のレンタカーで行った。駐車し、アメリカン・スタイルの巨大なスーパーマーケットに入った。カートを押しながら、買い物をはじめた。

その男に、爽太郎は気づいた。白人。三〇歳ぐらいだろうか。痩せている。細いジーンズ。アディダスのウインド・ブレーカーを着ている。紺の野球帽《キャップ》をかぶっている。どこにでもいる平凡な外見だった。

ただし、最初、爽太郎とすれ違った時、いやにじっと爽太郎の顔を見ていた。いくらアンカレッジでも、日本人は歩いている。日本人が珍しいわけではないだろう。

その2、3分後。爽太郎たちは、野菜の売り場にいた。美奈子が、レタスを選んでいた。レタスやセロリが山盛りになっている向こう側を、例の男が通った。歩きながら、爽太郎を見た。男は、カートを押していない。カゴも持っていない。ただ、ぶらぶらと歩いている。不自然だ。

体育館のように広い店内で、男の姿を何回か見かけた。買い物をしている様子はない。何か、探しものがあるのなら、店員に訊けばいいのだ。が、男は、ただ、ぶらぶらと歩いている。時どき、ちらりと爽太郎の方を見ている。

やがて、爽太郎と美奈子は、キッチン用品を並べてあるブロックにやってきた。美奈子が、フライパンを一枚買うという。爽太郎は、1、2メートルはなれて立っていた。商品を並べてある棚は、壁のように高く長い。棚と棚の間が、通路になっている。

男の姿が見えた。ぶらぶらとした足どりで、通路に入ってくる。いまは午前中。その通路に、ほかの客はいない。ガランとしている。

爽太郎は、鍋が並んでいる前に立っていた。棚の鍋を眺めていた。正確に言うと、眺めているふりをしていた。ステンレスの鍋に映る、自分の後ろを見ていた。

男は、ぶらぶらと歩いてくる。棚の商品を眺めているような様子で、ゆっくりと歩いてくる。爽太郎は、視界の端で、それを見ていた。

男は、爽太郎の後ろを通り過ぎようとした。そこで足を止めたのが、ステンレスの鍋に映っている。やつは、棚に並んでいる包丁の一本を手にとった。先が鋭くとがっている包丁。それをつかむ。爽太郎の方に向きなおった。包丁を突き出して、体当たりをしてきた。

爽太郎はもう、体を右に開いていた。爽太郎の背中に包丁を突き刺そうとした男の体が泳ぐ。包丁が、鍋に当たった。爽太郎はもう、やつの右頬にショート・フックを叩きつけた。きれいに当たった！

男は、通路に転がった。まだ、片手に包丁を握っている。爽太郎は、その手首を蹴った。包丁が、手から離れて転がっていく。

男は、頭を振りながら、立ち上がった。爽太郎は、二歩、踏み込む。その腹に、右！　突き上げるように叩き込んだ。男の体が、前に崩れそうになる。そのアゴを横に払うように、左フック！　きれいにヒットした。

男の体は、通路に転がった。最後のフックで、たぶん気を失っている。

驚いた表情の美奈子に、

「フライパンは、別の店で買おう」

爽太郎は言った。カートは、そこに置きっぱなし。爽太郎と美奈子は、早足で、その場を立ち去る。スーパーを出ようとした時、何か騒がしい声が聞こえた。通路に倒れている男を、誰かが見つけたのだろう。かまわず、爽太郎たちはスーパーを出る。駐車してある車に乗り込む。エンジンをかけ、駐車場から出ていく。

4

「とりあえず、あなたが、へなちょこ野郎でないことは、わかったわ」

助手席で美奈子が言った。爽太郎は苦笑い。

「それはそれとして、アンカレッジからは、早くずらかった方がいいな。おれを串刺しにしようとしたいまのやつは、たぶんプロだ」

ステアリングを握って、爽太郎は言った。車を、リョウの入院している病院に向けた。

病院に着く。用心して、通用口の近くに車を駐めた。通用口から入る。従業員用のエレベーターで上がった。リョウの病室。その近くまでくると、

「ちょっと待っててくれ」

と美奈子に言った。病室に歩いていく。病室のドアは開いていた。中から、

「ジョディちゃん、あーん」

という声がした。

5

爽太郎は、出入口から顔を出した。ベッドに寝ているリョウに、白人のナースが何か食べさせてやっているところだった。どうやら、カットしたグレープフルーツらしい。リョウのやつは、

「あーん」

と口を開けて、食べさせてもらっている。

「いい身分じゃないか」

と爽太郎。リョウは、

「あ、カントク」

と言った。ナースも爽太郎の方をふり向いた。

「ハーイ」

と笑顔を見せた。金髪の美人だった。リョウは、

「か、彼女、おれを担当してるジョディちゃんなんすよ」

と言った。そして、

「マ……マイ・フレンド、ナガレバさん」

などとジョディに言う。

「何が、マイ・フレンドだよ」

爽太郎は、苦笑い。ジョディと握手をした。英語で、

「こいつは確かにおれのダチだが、わがまま言ったり、エッチなことをしたら、ケツにぶっとい鎮静剤を打ってかまわないぜ」

と言った。ジョディがゲラゲラ笑う。

「な、なんて言ったんすか?」

「お前のCTスキャンとって、脳の中がカラッポでも心配するなと言ったのさ。それより、おれは橘美奈子と、しばらくアンカレッジを離れる。お前は、せいぜいジョディちゃんと仲良くしてろ」

と爽太郎。ジョディに、

「じゃ、こいつをよろしくな」

と言った。病室を出ていく。

6

「拳銃を？……」

と美奈子。走り出した車の助手席で訊き返した。爽太郎は、ステアリングを握ってうなずいた。

「さっきのスーパーじゃ命びろいしたが、いつも、こううまくいくとは限らない。おれの顔は、もう敵にばれてるらしい。さらに、次の部隊を送り込んでくるだろう。今度は、火器で武装したやつらかもしれない。こっちも、身を守るために銃は必要だ」

「わたしは、拳銃を持ってるけど……」

「わかってる。が、これから先、おれと君は、モーター・インで別々の部屋に泊まることにもなるだろう。銃は、それぞれが持っていた方が安全だ」

と爽太郎。美奈子は、うなずいた。

「そうね。そこを右に曲がったところに、銃砲店があるわ」

と美奈子。爽太郎は、右にウインカーを出した。曲がる。200ヤードほど行くと、銃砲店の看板が見えた。爽太郎は、店の前に車を駐めた。

「わたしの身分証明書で買えばいいのね？」

爽太郎は、うなずいた。ジーンズのポケットから、１００ドル札を何枚か出し、美奈子に渡した。

「君のと同じ32口径がいい。同じ弾を使えるからな。スミス&ウエッソンの32口径があるはずだ。そいつを買ってきてくれ。それと弾丸を二箱」

7

「ほう……これが君の移動病院か……」

爽太郎は、食料品の入った紙袋を積み込みながら言った。美奈子のアパートメントの前。彼女のホスピタル・カーに荷物を積み込みはじめたところだった。

後部ドアを開けて中に入る。それは、キャンピング・カーというより、それを改造した移動病室だった。まん中に、治療台がある。それは、よく犬猫病院にあるものだった。高さは上下できるようになっているようだ。

「そこそこの手術なら、できるわ」

美奈子は言った。運び込んだ薬品類を、あちこちの扉や引出しに入れている。いくつかの医療器具が周囲にあった。後部には、個室トイレ、それと簡単なキッチンがある。

「この中で寝る時は、どこで寝るんだい」

爽太郎が訊いた。美奈子は微笑し、

「あなたがいま立っているところに、毛布を敷いて寝るのよ」

と言った。荷物をしまい終わる。運転席につく。エンジンをかけた。爽太郎も、自分の小さなバッグと、ケースに入ったビデオカメラを、車のすみに置いた。美奈子が、運転席についている無線のスイッチを入れた。マイクをとる。

「センター、とれる？　こちらミナコ」

3秒ほどして、

「ミナコか、ハリーだ」

という応答がスピーカーから響いた。距離が近い交信なので、音声はクリアーだ。

「いまから、前線に復帰するわ、ハリー」

美奈子が言った。ギアを入れた。

13 忘れな草と、弾丸

1

アンカレッジを出て30分も走ると、もう、周囲は平原だった。いまは、整備された、直線的な道路を走っていた。グレン・ハイウェイという。アンカレッジから離れるにしたがって、すれ違う車や、追い越していく車が少なくなる。

ホスピタル・カーは、当然、あまりスピードは出ない。後ろからきた車のほとんどが追い越していく。いまのところ、尾行してくる車はない。

「今夜の泊まりは？」

「あと50マイルほど走ったところにあるモーター・インよ」

と美奈子。ステアリングを握って言った。明日、その近くで、病気の犬の治療をするという。定期的に治療している犬らしい。

「犬と猫だと、犬の方が多いのか？」

と爽太郎。美奈子は、うなずいた。

「猫を飼っている人もいるけど、アラスカでは圧倒的に犬が多いわね。家族として飼ってるのが多いけど、中には、冬、犬ゾリを走らせる人もいるし」

と言った。大型トラックが、追い抜いていった。

2

爽太郎は言った。美奈子が、車のスピードを落とした。グレン・ハイウェイから、わき道に入って、5、6分走ったところだった。細い道が、草原の中に続いている。

ホスピタル・カーは停まった。美奈子が、エンジンを切った。あたりは静寂につつまれた。遅い午後の陽射しだけが、草原に降りそそいでいた。見渡す限り、建物も人の姿もない。

爽太郎と美奈子は、それぞれ拳銃を手にして車をおりた。爽太郎は、弾丸の入った箱を持っていた。車の中で飲み終えたＢＵＤの空き缶も持っていた。標的にするためだ。

「この辺がいいな」

道路をはずれて、草原に歩き出す。ごく低い草のはえている草原だ。30メートルほどいくと、古い木の柵があった。もう、朽ちはてたような柵だ。その上に、BUDの空き缶を置いた。標的の空き缶から、7、8メートル。爽太郎は、草の上に、弾丸の入った箱を置いた。そばには、青い小さな花が咲いていた。忘れな草。確か、アラスカの州花だった。

爽太郎は、新しい拳銃のシリンダーをスウィングアウトする。足もとの箱から弾丸をつかみ出す。シリンダーに装塡《そうてん》しはじめた。装塡しながら、

「撃ってみろよ。練習だ」

と美奈子に言った。彼女は、うなずく。ゆっくりと、拳銃をかまえる。その拳銃の持ち方からして、射撃には、あまり慣れていないようだった。射撃の基本は、いちおう習った、というところだろう。

美奈子は、両手をのばして、拳銃をかまえる。標的のBUDに向ける。引き金をひいた。乾いた銃声。拳銃が、はね上がる。標的は動かない。二発目。同じだった。三発目も同じだった。BUDには当たらない。

「ダメね……」

苦笑いして、美奈子は言った。

「拳銃が、上下にぶれてるんだ。引き金をひく時、銃口が下がる。逆に、発射した瞬間に、

拳銃がはね上がってる。そのぶれを抑える必要がある」

　爽太郎は言った。

「拳銃は、力を込めて、しっかりホールドする……が、引き金は、そっと、しぼるようにひく」

と言った。装塡を終えた拳銃を、両手でかまえる。BUDの缶に、照星《しょうせい》を合わせる。一瞬、呼吸を止める。そっとしぼるように引き金をひいた。

銃声。BUDの缶の右側。約10センチ。柵を、弾がかすった。木片が散った。二発目。缶の左側。約5センチ。また、柵の木片が散った。三発目。BUDの缶が吹っ飛んだ。

3

「射撃、上手なのね」

美奈子が言った。爽太郎は、新しい弾丸を装塡しながら、

「ロスで仕事をしていた頃に覚えたんだ」

と言った。ロスで、CFを制作する仕事をしていた頃のことだ。撮影の仕事では、警官にロケ現場の警備や、道路の封鎖をしてもらうことが多い。自然に、警官とは仲良くなる。

「警官ってやつは、やはり、射撃の好きなやつが多いんだ」

「へえ……そうなんだ……」

「ああ、銃を撃つのが好きで警官になったやつは、かなり多い」

と爽太郎。そんな警官たちは、しょっちゅう、シューティング・レンジで射撃の腕比べをしている。爽太郎も、よく誘われて、連中と一緒に、射撃をしたものだった。そうしているうちに、銃の扱いには、いやでも慣れた。

4

「これはこれで、悪くない……」

と爽太郎。紙コップに入った赤ワインを飲みながら言った。

射撃の練習が終わった午後6時。車のそばの野原で、夕食をはじめたところだった。今夜、泊まるモーター・インには食堂がないという。そこで、美奈子が、簡単な料埋をした。アンカレッジ郊外のスーパーマーケットで買ってきた調理ずみのハンバーグ。それを、ホスピタル・カーのキッチンで焼いた。

野原に、折りたたみ式の簡単なテーブルとイスを出した。カリフォルニア・ワインの赤を開ける。紙コップに注ぐ。午後6時といっても、まだ明るい。淡い陽射しが、野原にさしている。シャツ一枚でも寒くはない。爽太郎たちは、ハンバーグを切り、赤ワインを、ゆっくりと飲んでいた。

「それにしても」

と美奈子が言った。その時、近くの茂みでカサッという音がした。爽太郎はもう、テーブルの上の拳銃をつかんでいた。茂みに向けていた。

やがて、低い茂みの間に、何か小動物が走り過ぎるのが、ちらりと見えた。リスかウサギらしかった。爽太郎は、軽く息を吐いた。苦笑い。拳銃を、テーブルに戻した。また、ワインを手にした。

「いま言いかけたのは?」

爽太郎は、美奈子に訊いた。

「……ああ……。それにしても、ずいぶん射撃の練習をしてたわね。そのことを言おうとしたの」

と彼女。爽太郎は、紙コップを手に、うなずいた。

「……君を守る、と言った。言ったからには、守らなきゃならない」

「……そのために、射撃の練習を?」

「……まあ、そんなところだ。いま相手にしてるのは、街のチンピラじゃない。犯罪組織の連中だ。しっかりと武装してくるだろう。こっちも、それなりに対応しなきゃならない。一瞬も気を抜けない」

爽太郎は言った。美奈子は、かすかに、うなずいた。ワインの紙コップを手に、しばらく無言でいた。やがて、口を開いた。

「……優季からの手紙に書いてあったけど、ロスで暮らしていた頃、恋人を失《な》くしたんですって？　古傷にさわったら、ごめんなさい」

と美奈子。爽太郎は、少し苦笑い。

「いいんだ。もう、10年以上前のことだ……」

と言った。チンピラとやり合って、里美が拳銃で撃たれた時のことを、簡潔に話した。

「おれは、たまたま元ボクシングの選手だったんで、チンピラ三人を相手にした。相手の一人が拳銃を持っているとは予想していなかった。けれど、L・Aという土地柄を考えると、それは予想しておくべきだった。自分がストリート・ファイトで負けたことがなかったんで、たぶん、自分の腕を過信していたんだ。そのために、恋人を死なせてしまった……」

と爽太郎。ワインに、口をつける。

「……だが……同じ失敗は二度としたくない……」

と、つぶやいた。眼を細め、平原を眺めた。少しひんやりとしてきた風が、頬をなでていく……。美奈子が、そんな爽太郎の横顔を見つめていた。

5

翌朝。6時半。爽太郎と美奈子は、モーター・インのとなり合った部屋で目を覚ました。買っておいたパンで簡単な朝食をすませる。7時半には、モーター・インを出発した。爽太郎は、ミラーに映る光景に注意をしていた。いまのところ、尾行してくる車はいない。

「これから向かうのは？」

「3時間ぐらい走ったところよ。犬の治療」

と美奈子。ステアリングを握って言った。毛が抜ける病気にかかっている犬がいるという。定期的に治療をしているらしい。

6

グレン・ハイウェイから、わき道に入る。舗装はされているものの細い道路を、1時間走る。さらに、土《ダート》のわき道に入る。かなりデコボコの道を5分ほど走る。平原の彼方に、一軒の家が見えてきた。木造り。二階建ての家だ。

その家の前に、美奈子は車を駐めた。もう、家の玄関には、白人男が立っていた。五〇歳ぐらいだろう。口ヒゲをはやしている。美奈子の車を見ると、右手を上げた。

美奈子は、プラスチックのケースに、薬品などを入れる。それを片手に持って車をおりる。爽太郎は、拳銃を、ジーンズの後ろ、革のベルトにはさむ。ウインド・ブレーカーで、それを隠した。ケースから、ビデオ・カメラを出した。

ビデオ・カメラは、プロ用としては、かなり小型だった。家庭用のものを、ひと回り大きくした程度だった。これで、CFに使えるグレードの映像が撮れる。

爽太郎は、カメラを手に、車をおりた。美奈子と一緒に、家の方に歩いていく。赤レンガの階段を三段上がると、木造りのポーチがある。ポーチには、白い大型犬が寝転がっていた。人の気配を感じると、頭を上げ、シッポを振った。

爽太郎と美奈子は、ポーチに上がる。立っている白人男と美奈子は、握手をする。

「よく来てくれたね、ミナコ」

と白人男。となりにいる爽太郎を見た。爽太郎はカメラを手に、

「日本から来たテレビ局の者です。彼女の活動を撮影するためにね」

と言った。白人男はうなずき、

「そりゃいい。彼女は素晴らしい獣医だよ」

と言った。

「マックの調子はどう？」

美奈子が白人男に訊いた。もう、ポーチに寝転がっている犬に近づいていた。

「まずまずじゃないかな」

と白人男。美奈子が近づいていくと、犬は起き上がった。シッポを振って、美奈子の足にすり寄ってくる。おだやかな顔をした犬だった。美奈子は、犬の頭をなでる。その背中に触れてみている。白い毛をかきわけて、みている。爽太郎は、その姿に、もうカメラを向けていた。ビデオを回しはじめた。

美奈子は、犬の背中を、ていねいに見ている。よく見れば、脱毛している部分がある。彼女は、その部分を見ながら、飼い主の男に訊いている。

「食欲や元気は？」

「ああ……ここしばらく、だいぶ良くなってるよ」

と飼い主の男。美奈子は、うなずく。

「脱毛も、先月よりは、だいぶ良くなってるわね」

と言った。医療用のプラスチック・ケースを開ける。細くて小さな注射器をとり出した。飼い主に、

「ちょっと頭をなでてくれる、エド」

と言った。エドと呼ばれた飼い主が、かがみ込み、犬の頭をなではじめた。美奈子は、その背中の一ヵ所を、消毒する。そこの皮をつまみ、注射をした。ものの数秒で終わった。犬はピクリとも動かない。

「オーケイ、エド」

と美奈子。立ち上がった。

「これで、また良くなると思う。また来月くるから、マックの様子を見てて。特に食欲が落ちないか、動作に元気があるか……。もし何か急変があったら、センターに連絡して」

彼女は言った。また、エドと短い握手。

「ありがとう、ミナコ」

とエド。美奈子は、笑顔でうなずく。爽太郎は、カメラを止めた。エドと握手。美奈子と一緒に、車に戻る。

7

「いまの犬は？」

走りはじめて10分。爽太郎は訊いた。

「副腎《ふくじん》皮質《ひしつ》の機能が低下してるの。簡単に言ってしまうと、ホルモンの分泌が正常じゃなくなってる。その結果、ああして脱毛症状が起きてるの。あれも、ひどくなると食欲がどんどん落ちていって、深刻な事態になりかねないわ」

ステアリングを握って、美奈子は言った。

爽太郎は、うなずきながら美奈子の横顔を見ていた。そして、

「悪いけど、10分だけ、車を駐めてくれないか」

と言った。美奈子が、アクセルをゆるめる。車のスピードが落ちた。爽太郎は、話しはじめた。いまさっき、犬の治療をした。そのあたりから、表情が、それまでと変わってきていた。ゆったりしていながらも、表情に一種の緊張感が漂っている。医師の顔、プロの表情になっていた。その表情を撮りたかった。コマーシャルに使うカット。

〈車にもたれて立っている美奈子〉

〈その上半身のアップ〉

　CFの前半に使うこのカットを撮りたかった。それを爽太郎は、美奈子に説明した。彼女は、うなずく。ブレーキを踏み、車を駐めた。

　おりる。絶好のロケーションだった。広大な平原の中。まっすぐにのびている舗装道路。いきかう車はない。道路の、はるか彼方……。風景が蒼《あお》くなり、その向こうには、白い雪につつまれた山脈がのぞめる。

　車のまわりに、動くものは何もない。道のわきでは、ルピナスという青い花が、かすかな風に揺れている。

　爽太郎は、まず、雄大な風景を撮った。そして、

「車のドアにもたれてくれるかな」

　と美奈子に言った。

「このままのかっこうでいいの？」

「もちろん」

　と爽太郎。美奈子は、両方の胸にポケットのついたデニムのシャツを着ている。少し色落ちのしたジーンズ。足もとは、N《ニュー》・バランスのスニーカー。後ろでまとめた髪には、黄色いバンダナを巻いている。

わきに赤い十字を描いた銀色のホスピタル・カー。その運転席に、美奈子はもたれかかる。

「カメラは見なくていいから、リラックスしててくれ」

爽太郎は言った。もう、カメラを回しはじめていた。ホスピタル・カーのまわりの平原もわずかに入るフレーミングで撮る。40秒ほど、カメラを回した。

つぎは、アップだ。爽太郎は、カメラを持って、美奈子の正面に立った。一度カメラのファインダーをのぞいてみる。彼女の上半身のアップ。顔の下は、濃いブルーのデニム地のシャツだ。そのシャツの胸のところに、白ヌキで文字を入れるとよさそうだ。

〈動物たちへの愛だけを胸に、アラスカを走り続ける。〉これは、2行に……。

〈移動獣医師・橘美奈子〉これは、1行で画面中央に……。

爽太郎は、胸の中で、そんな計算をする。

「じゃ、カメラのレンズを見てくれ」

「……表情は?」

「無表情」

「無表情?」

「ああ……ただ静かに、カメラを見ててくれればいい。心電図の波形でも見ているつもりで……」

「わかりやすいたとえね」

微笑しながら美奈子は言った。そして、静かな表情でカメラを見た。爽太郎は、フィルムを回しはじめた。

8

グレン・ハイウェイに戻って、20分ほど走ったところだった。

さえぎるもののない、まっすぐな道路の右側。路肩に車が駐まっていた。道路のわきの平らな路側帯に、車が駐まっていた。四駆。ブレイザーだった。そのエンジン・フードが開けられている。白人男が一人、エンジン・フードのそばにいた。美奈子が、スピードを落とす。

ブレイザーのわきにいる男が、両手を振っている。あたりに、ほかの車はいない。美奈子が、ブレーキを踏んだ。ホスピタル・カーは、ブレイザーの10メートルほど後ろで駐まった。

「君はここにいろ」

爽太郎は言った。拳銃を、ベルトにはさむ。車をおりた。ブレイザーの方に、ゆっくりと歩いていく。車の前、エンジン・フードが大きく開けてある。そのわきに、白人男がいた。

三十代の半ばだろうか。体が大きい。紺のジャンパー。ナイキのマークがついたキャップをかぶっている。

「故障か?」

近づいていきながら、爽太郎は訊いた。

「ああ……オーバーヒートしかかってるんだが、原因がわからないんだ」

男が言った。爽太郎は、男のそばに立った。その時だった。背後の小さな音を、爽太郎は聞きのがさなかった。

14 バーバリーが、ちょっと悲しかった

1

爽太郎は、もう、ふり向いていた。車の後部ドアが開いて、男が、出てこようとしていた。車の後部《リア》シートにひそんでいたらしい。爽太郎は、右足で、思いきり、開きかけているドアを蹴った。

男の体半分が、ドアにはさまれた。鈍《にぶ》い音。鋭い悲鳴。そして、拳銃が地面に落ちた。

立っていた男が、右手に持っていたスパナで殴りかかってきた。爽太郎は、右へ。スウェイしてかわす。スパナが助手席の窓ガラスに当たった。窓ガラスが砕ける！

爽太郎は、体を戻しながら、相手の腹に、右フック。叩き込んだ。右手首が、相手の太い腹にくい込んでいた。

「グェッ」

とうめき声。相手の動きが止まった。大きな体が、前かがみになる。爽太郎は、半歩踏み込んだ。やつの腹に、左右のワンツー！　軟らかいサンドバッグを殴っているような手ごたえ。もう一度、左右のワンツー！

相手の体が、前のめりになった。とどめに、左フック。横っつらを打ち抜いた。男の大きな体が、地面に転がった。うつ伏せに転がった。たぶん、しばらくは起き上がらない。

ふり向く。もう一人が、後部《リア》シートから出てきていた。鼻血がシャツを濡《ぬ》らしている。痩せた若い白人男だった。地面に落ちている拳銃をひろい上げようとしていた。中型のオートマティックだった。爽太郎は、その拳銃を蹴った。拳銃は、地面を滑っていき、わきの草むらに落ちた。

男が、何か、悪態をついた。爽太郎を睨《にら》みつける。右手を後ろに。ジーンズのヒップ・ポケットから、ナイフを引き抜いた。飛び出しナイフ。パシッと音がした。刃が、陽射しに光った。

男は、ナイフをかまえた。一歩、踏み出してくる。爽太郎の首筋あたりを狙って、横に払ってきた。

爽太郎は、半歩下がる。ナイフの刃先をかわした。アゴの前、5センチぐらいをナイフの光が走り過ぎた。

「やめとけ。ムダだ」

爽太郎は言った。が、相手は、ムダだとは思っていないらしい。一歩踏み込みながら、ナイフを横に払ってきた。爽太郎は、バックステップしながら、ナイフの刃をかわした。ナイフを大振りしたので、相手の体は、泳いでいる。

爽太郎は、相手の右手首を蹴り上げた。ナイフが、手からはなれる。回転しながら飛んでいった。

相手が、また何か悪態をついた。爽太郎につかみかかってきた。爽太郎も、相手のシャツの襟《えり》もとをつかむ。相手の脚を払った。柔道でいう、払い技だろう。

相手の体が、一瞬、宙に浮く。背中から、地面に落ちた。相手は、のろのろと体を起こしかけた。その側頭部。爽太郎は、スニーカーの甲で蹴った。相手は、また地面に転がった。動かない。たぶん、しばらく気を失っている。通りかかる車はない。陽射しだけが、ハイウエイのアスファルトに照り返している。

爽太郎は、早足で美奈子のホスピタル・カーに戻った。

「行こう」

と言った。少し蒼ざめた顔色の美奈子が、うなずく。ギアを入れた。ハイウェイに走り出す。倒れている男二人が、ミラーの中で小さくなっていく。

2

「やつら、待ちぶせしてた」

と爽太郎。冷蔵庫からミネラル・ウォーターを出して言った。走りはじめて、2、3分した時だった。冷えたミネラル・ウォーターを、ぐいと飲む。

「でも……どうしてそのことに?……」

と美奈子。ステアリングを握って訊いた。

「あの7、8分前に、やつらの車が、こっちを追い越していった。追い越す時、運転してたやつが、ちらりとこっちを見た。わきに赤十字のマークをつけた車だから、やつがこっちを見たのは、そう不思議じゃない。が、その時、やつらの車には、二人の男が乗っていた」

と爽太郎。美奈子がうなずいた。

「ところが、あそこで、やつらは車の故障を装って、待ちぶせしていた。おれが近づいていっても、男の姿は一人しか見えなかった。この何もない一本道で、人間が消えるとは思えない。ということは、残る一人は車の中に隠れているとしか考えられない」

「……」

「実際に、もう一人は、車の後部《リア》シートにひそんでいた。おれを、後ろから襲うつもりだったんだろう。それを予想してたから、後ろでドアを開ける小さな音がした時に気づいた。素早く対応できた」

爽太郎は言った。ミネラル・ウォーターを、また、ぐいと飲んだ。美奈子か、うなずきながら話を聞いている。

「もし、素早く対応できていなかったら、どうなってたの？　相手は拳銃を持ってたでしょう？」

と訊いた。

「おれを殺すつもりだったかもしれない。あるいは、ただ病院送りにする予定だったかもしれない。どっちにしろ、連中は失敗した」

爽太郎は言った。また、美奈子がうなずいた。

その時、無線が鳴った。

「こちら、センター。急患発生」

と、かすかな雑音まじりで聞こえた。そして、町か村の名前を言った。聴きとった美奈子が、無線のマイクをとった。センターと交信をはじめた。彼女はカーナビを見る。

「わたしの現在地からだと、20マイルってところね、ハリー」

と無線で話す。

「オーケイ。いまのところ、君が一番近い。行ってくれないか」

「了解」

と美奈子。ステアリングを握りなおした。少し、スピードを上げた。

3

グレン・ハイウェイをはずれて、わき道を15分ほど走る。いく手に小さな村が見えてきた。教会の尖塔《せんとう》と十字架が見える。あたりに、何軒かの家がある。その一軒の前で、美奈子は車を駐めた。ロッジ風の二階家だった。美奈子は、エンジンを切り、おりる。爽太郎は、拳銃をベルトの後ろに差し込む。美奈子と一緒に、家の玄関に歩いていく。

玄関には、13歳ぐらいの白人の少女がいた。そばに、母親らしい女性も立っている。

「猫のジョーイが、今朝から吐きっぱなしで、ぐったりしてるの」

と少女。美奈子は、うなずいた。玄関を入る。リビング・ルームに入っていく。カーペットの上に、猫が丸くなっている。アメリカらしく大型の猫だった。

美奈子は、その猫をなでる。背中を、ちょっとつまんでいる。つぎに、口を開けさせて、中を見ている。

4

その10分後。美奈子は、車の中で、猫の治療をしていた。飼い主の少女と母親も一緒だ。治療台の上で、猫に点滴をしながら、美奈子は少女と母親に説明している。原因は、どうやら毛玉づまりだという。

猫は、自分の体をなめる習性がある。しかも、いまは夏。冬毛が夏毛に生《は》えかわっているという。自分でなめた毛が、猫のノドから消化器官に入る。そして、毛玉になってかたまってしまうという。

「毛玉を自然に体の外に出す薬はいま飲ませたわ。あと、吐き続けたんで、この子は、脱水症状を起こしてるの。だから、いま、点滴をしてあげてるわ」

美奈子は、猫の体をなでながら説明する。少女と母親は、うなずいて聞いている。点滴液は、リズミカルに落ちている。美奈子は、少女を見る。

「大丈夫。安心して。ジョーイは、たいしたことないわ」

と言った。

5

それからの3日間、襲ってくる人間はいなかった。けれど、獣医としての美奈子は忙しかった。特に3日目。犬が車にはねられたという連絡が入った。その時、爽太郎たちがいた場所から、7、8マイルのところだった。車を飛ばして、かけつける。

アラスカン・マラミュートという、犬ゾリを引く犬が、観光客の運転する車にはねられたという。犬は、ぐったりとしている。美奈子は、素早く犬の状態を見る。

「骨折はしてるけど、内臓破裂はしていないと思う。でも、ここでは手術できない。アンカレッジに運ばなきゃ」

と言った。無線で、センターに連絡した。ちょうど、すぐ近くに小さな湖がある。そこへ、セスナを飛ばしてもらうことになった。水面に着陸できるようになっているセスナは、アラスカでは、重要な足だ。

美奈子は、手早く犬に応急手当てをする。車に乗せ、1マイルほど走ったところの湖まで運んだ。しばらくすると、赤十字のマークをつけたセスナが、降下してきて湖面に着水した。栈橋の方に近づいてきた。

毛皮にくるんだ犬を、セスナに乗せる。

「オーケイ。あとはまかせろ」

とセスナに乗っている救急隊員。やがて、セスナは、栈橋をはなれる。水面を滑走し、離陸した。高度を上げていく。

6

その1時間後。車が、泊まる予定のモーター・インに着いたところで、アンカレッジのセンターから無線が入った。セスナで運ばれた犬は、一命をとりとめたという。美奈子は、無線のマイクを置く。ふーっと、大きく息を吐いた。

「お疲れさま」

と爽太郎。彼女の肩を叩いた。

7

「車にはねられた動物を見ると、ティーンエイジャーの頃を思い出すわ」

ジン・トニックを飲みながら、美奈子が言った。広くとった窓から入る夕方の陽射しが、グラスと氷に光っていた。

その夜、泊まるモーター・インは、釣り客のためのロッジも兼ねているらしかった。食堂の壁には、虹鱒《にじます》らしい魚を持ったフィッシャーマンの写真が飾られている。玄関のわきでは、ルアーや、ちょっとした釣り具を並べて売っていた。

「高校生の時、アラスカに親父さんと来た、その時のことは、優季君から聞いたよ」

ウオッカ・トニックのグラスを手に、爽太郎は言った。美奈子は、微笑した。

「……あの時、途中までは楽しかったわ……。一日おきぐらいに、父につき合って釣りに行って、釣りに行かない日は、ロッジで飼っていた犬と遊んで……」

「……でも、その犬が、車に、はねられた……」

と爽太郎。美奈子は、小さく、うなずいた。ジン・トニックのグラスに口をつけた。食堂には、爽太郎と美奈子しかいない。二人は、窓ぎわのテーブルについていた。午後6時半。斜めの陽射しは、木立ちごしにさしてくるので、少しグリーンがかっている。ジン・トニックのグラスも、少しだけグリーンがかって見えた。

「その犬が車にはねられた事件がきっかけで、君は、獣医になる決心をさらに固めた……」

爽太郎は言った。テーブルにあるスモーク・サーモンを、一切れ口に放り込んだ。ウオッカ・トニックを飲む。

「……それはそうなんだけど……もう、そのずっと前から、わたしは獣医になろうと思ってた」

「………」

「中学生になった頃から、学校が終わると、すぐ家に帰ってきたわ……。うちに入院している犬や猫の様子を見たり、父の手伝いをして、面倒を見たり……。だから、友達とも遊ばなかったし……ちょっと変人だと思われてたみたい」

と美奈子。少し苦笑した。

「ほら、中学生や高校生の女の子って、よくグループをつくるでしょう。わたしは、そんなクラスメイトとは、無縁だったな……。仲間と、つまらないタレントの噂話なんかしてるぐらいなら、うちで、入院している犬や猫の相手をしている方が全然よかったわ……。確かに、ちょっと変わった子だったかもね……」

「年頃になって、デートとかは?」

「……ああ……。あれは確か、高三の時だったなあ……。となりのクラスの男の子と、デートしたことがあったわ……。わたしも女だから、その時は、けっこう気合いを入れて出かけたわ。アラスカの免税店で父が買ってくれたバーバリーのスカートをはいてね。もうずいぶん前だから、その頃のバーバリーは、高校生にとっては、かなり高級品だったと思う」

「……で？……」

「確か、映画を観て、そのあと、ファミレスかなんかで、お茶を飲んでたわ……。その時に、相手の男の子が言ったの。獣医さんて、けっこう儲《もう》かるみたいだねって……」

「おやおや」

爽太郎は苦笑した。

「わたしのバーバリーを見て、男の子はそう思ったみたい。確かに、獣医の中には、相当に儲けてるところもあるでしょうね。でも、父は、その逆だから、うちは、まるで儲かってなかったわ。でも、デート相手は、そう思ったんでしょうね。……結局、半分は、わたしが獣医の娘だからデートに誘ったみたいだったわ……。高校生なのに、せこい話よね。ちょっと悲しかった……」

「……ああ……」

苦笑したまま、爽太郎はうなずいた。二杯目のウオッカ・トニックを、ロッジのウエイトレスに頼んだ。

「その頃に、わたしは心を決めてたわ。この、せこい日本で生活していくのは嫌《いや》だなって……。アラスカの移動獣医になるのも、その頃に決めたと思うわ」

美奈子は言った。一杯目のジン・トニックを飲み干した。

「そうだ。明日は、釣りをしない?」

「釣り?」

「そう。このところ忙しかったから、明日は休みにしましょう。この近くには、いい湖や川がたくさんあるの」

はずんだ声で、美奈子は言った。

8

「あっ、ムース!」

と美奈子。右側を指さして言った。

午前9時過ぎ。車でロッジを出て、20分ほど走ったところだった。道路の右側は、山になっていた。その山の中腹を指さして、美奈子が声を上げたのだ。低い茂みが続いている山のなだらかな斜面。茶色い大きな動物が見えた。

「ムースっていうと、日本語だとヘラジカか」

と爽太郎。美奈子は、うなずく。車のスピードを落とした。かなり離れたところから見るムースは、一見、馬か牛のようだった。けれど、頭には、トレードマークの立派な角《つの》がはえている。悠然《ゆうぜん》と、山の斜面に立っていた。

9

「このあたりね」

と美奈子。車のステアリングを右に切った。土《ダート》の道を、10分ぐらい走ったところ。道のわきに、駐車スペースらしい空き地がある。車四、五台は駐められる広さだ。が、いまは一台も駐まっていない。美奈子は、そこへホスピタル・カーを入れた。エンジンを切った。

車の壁に、釣り竿《ロッド》が一本かけてあった。彼女は、それをとる。戸棚の一つから、タックル・ボックスをとり出した。中には、釣り糸《ライン》を巻いたスピニング・リールと、ルアーがいくつか入っていた。彼女は、それを持つと、車をおりる。爽太郎も、拳銃をベルトに差し込み、車をおりた。

駐車スペースから、木立ちの中へ入っていく細い道がある。ゆるい下り坂の道だった。そこを20メートルほど下ると、河原に出た。幅7、8メートルの河原だった。その先には、幅15メートルほどの川がある。流れのゆっくりな川だ。ところどころ、流れが渦《うず》を巻き、いかにも魚がいそうな川だった。

美奈子は釣り道具をセットしはじめた。その手つきが、慣れていた。ロッドやリールのセットが終わる。彼女は、ルアーをとり出した。選んだのは、メップスの赤だった。

爽太郎は、わきで、それを眺めていた。さりげなく、あたりに注意を払っていた。いまのところ、視界の中に人の姿はない。美奈子が、ルアーのキャスティングをはじめた。予想通り、うまいキャスティングだった。ロッドのしなりを使って、ルアーを飛ばしている。赤いメップスが、川の中央より向こうまで飛んでいく。着水。彼女は、ゆっくりと、リールを巻きはじめる。

6回目か7回目のキャスティングだった。巻きはじめた彼女の腕に力が入った。ロッドが、ぐいと曲がった。

15　その虹鱒《にじます》は、44口径

1

「ヒット」

　彼女が、落ち着いた声で言った。ロッドが丸くしなり、細かく震えている。彼女は、ロッドを立てて頑張っている。リールのスプールがゆっくりと逆転して、ラインが少し出ていく。

「大きい？」

「まずまず」

　と彼女。ラインが出ていくのが止まると、ロッドを少し前に倒しながらリールを巻く。ハンドル3回転ぐらいリールを巻くと、スプール1回転ぐらい逆にラインが引き出される。

平らな水面に、ラインが鋭く突き刺さっている。ラインは、左右にゆっくりと動く。魚は8の字を描いて、左右に泳いでいるのだ。

30センチ巻いては、10センチ出される、そんなやりとりが続く。魚は、しだいに、岸に引き寄せられてくる。魚の描く8の字が、小さくなってきた。やがて、水の中の魚影が見えてきた。

「レインボーね」

彼女が言った。レインボー・トラウト、つまり虹鱒らしい。やがて、彼女は、2、3歩後退した。ロッドは、立てたままだ。

河原の石ころの上に、魚は引きずり上げられた。4ポンドはありそうな、太った虹鱒だった。小さな石ころの上で、バタバタ暴れている。口にかかったメップスが、石に当たって小さな音をたてている。

「ナイス、ファイト」

と爽太郎。

「二人分の昼ご飯には充分ね」

虹鱒を見おろして、彼女が言った。

2

流し込んだ。

「これはいける」

爽太郎は言った。アルミ皿にとった虹鱒の身を口に入れる。そこへ、冷えたCOORSを流し込んだ。

爽太郎たちは、河原で虹鱒を食べはじめたところだった。屋外用のコンロに、フライパンを置く。まず、牛の肩肉でつくったベーコンをスライスして、フライパンで焼く。ベーコンが焼けるにしたがい、脂《あぶら》が出てくる。ベーコンのスライスは、一度、フライパンから出す。そこへ、軽くコショウをふった虹鱒の切り身を入れ、焼く。ベーコンから出た味と塩けを魚の身にしみ込ませるようにして焼く。それだけだ。

焼けた虹鱒をアルミホイルの皿にとる。フォークで口に入れる。シンプルだが、奥の深い味が口にひろがる。よく冷やしたビールを流し込む。言葉はない。

「これは、どこで覚えたんだ」

爽太郎が訊いた。

「こっちに来てからよ。ロッジの親父さんに教わったの」

と美奈子。爽太郎は、うなずき、

「スタインベックの小説に出てくる場面みたいだ」

と言った。

「『チャーリーとの旅』?」

と美奈子。

「ああ、そうだ。……本はよく読むのか?」

爽太郎が訊いた。彼女が、うなずいた。

「移動獣医は、人間関係という意味じゃ気楽な仕事だけど、同時に一人きりの仕事よ。本は、いい友達だわ」

と言った。COORSの缶を口に運んだ。爽太郎も、無言でうなずいた。虹鱒をフォークで口に運んだ。

3

食べ終わり、片づけをしようとしている頃だった。河原を、一人の釣り師が歩いてくるのが見えた。

中年の白人男だった。チェックのシャツ。フィッシング・ベスト、帽子《キャップ》という、定番のスタイルだった。肩には、バッグをかけている。ロッドを一本持っている。

男は、ゆっくりと歩いてくる。爽太郎たちに近づいてくると、片手を上げ、

「ハイ」

と言った。爽太郎たちも、片手を上げて応《こた》える。男は、すぐ近くまで来て、立ち止まった。あいそよく、

「どうだい、釣れてるかい？」

と言った。

「まずまずのレインボーが一匹」

美奈子が答えた。

「ほう、そりゃいい。私も、ついさっき、5ポンドぐらいのレインボーを釣ったよ」

男は言った。ロッドを、そばにある岩にたてかけた。肩から斜めにかけているフィッシュバッグを開けようとした。外側は布、内側がビニールコーティングされているフィッシュバッグ。それを開けてみせようとした。

爽太郎はもう、背中から拳銃を引き抜いていた。男に向け、

「ストップ」

と言った。男の動きが止まった。

「そのフィッシュバッグを、ゆっくりと地面におろせ」

爽太郎は言った。

「な、なぜ……」

「いいから、そっと地面におろせ」

と爽太郎。男は、言われた通りにする。フィッシュバッグを、足もとの地面におろした。

「三歩、下がれ」

爽太郎が言った。男は、三歩下がった。爽太郎は、男に拳銃を向けたまま、立ち上がった。男の方に近づいていく。地面にかがみ込む。フィッシュバッグに手を入れた。

爽太郎がつかみ出したのは、拳銃だった。ずっしりと重い。スミス&ウェッソン、44マグナム。映画『ダーティー・ハリー』で、クリント・イーストウッドが撃ちまくっていたやつだ。拳銃としては、最も強力なものだろう。

「ほう……こいつは変わった虹鱒だな。44口径か……」

爽太郎は男を見て言った。やつは、苦々しい表情をしている。

「両手を、頭の後ろで組め」

爽太郎は言った。男は、言われた通りにする。爽太郎は、自分の拳銃をベルトの後ろに差し込む。44マグナムを握る。

「こいつで撃たれたら、どういうことになるか、わかってるな」

男に言った。男の後ろに回り、ボディチェックする。ほかの銃は持っていなかった。

「……どうして……」

と男が言った。どうしてバレたかと訊いているらしい。

「初歩的なミスさ。あんた、自分が持ってきたロッドを見てみろよ」

と爽太郎。男が、岩にたてかけてあるロッドを見た。

「よく見ろよ。ガイドの一つに、ラインが通ってないぜ」

爽太郎は言った。釣り竿についている輪《リング》型のガイド。そのまん中辺の一つに、釣り糸《ライン》が通っていない。セットする時に、通しそこねたのだろう。

「その状態で、5ポンドの虹鱒を釣り上げるのは、どう見ても無理だぜ。ラインが切れるな。釣り師にばけたのはいいが、大事なところでミスしたな」

爽太郎は言った。

すぐ近くに、腰かけるのにいい大きさの岩があった。爽太郎は、男をそこに腰かけさせる。44マグナムを上に向け、引き金をひいた。拳銃とは思えないほど重い銃声が、あたりに響き渡った。爽太郎は、美奈子を呼んだ。

「こいつが一人で来てるとは思えない。いまの銃声を聞いて相棒が来ると思う。君は、そこで倒れたふりをしててくれ」

と言った。美奈子は、うなずく。河原に、うつ伏せになった。爽太郎は、岩に腰かけている男の後ろに回った。その背中に銃口を押しつける。

「ちょっとでも変なまねをしたら、体にどでかい穴があく」

と言った。

10秒もしないうちに、

「ビル、やったか！」

という声がした。爽太郎は、男の後ろに姿を隠す。木立ちの間から、もう一人、あらわれた。白人の中年男だった。釣り師にばけてはいない。紺のウインド・ブレーカーを着て、レイバンをかけていた。やつは、倒れている美奈子を見た。

「女はやったか。野郎は、どうした」

と言った。岩に腰かけているビルは、動かない。口もきかない。

「どうしたんだ、ビル」

と、もう一人のレイバン。近づいてくる。爽太郎は、体を起こした。

「ビルにも、いろいろ事情があるのさ」

と言った。もう、レイバンの男に銃口を向けていた。男は、口を半開きにしている。爽太郎は美奈子に、

「もう起きていい」

と日本語で言った。彼女が起き上がる。爽太郎は、44マグナムの銃把《グリップ》で、ビルのこめかみを殴った。ビルは河原にひっくり返った。爽太郎は、銃口を向けたまま、レイバンの男の方に歩いていく。ボディチェックした。38口径のスミス&ウェッソンを持っていた。

「おれたちが、ここから姿を消して10分間、この場所から動くな。ちょっとでも動いたら撃つ」

と言った。美奈子に眼で、〈ずらかろう〉と言った。河原から、木立ちの中の道に入っていった。

駐車スペースまで戻る。ホスピタル・カーのとなりに、トヨタの四駆が駐まっていた。エンジンは、かけっ放しになっている。

「最近は、ギャングも日本車を使うか」

爽太郎は、苦笑まじりに言った。運転席のドアを開け、エンジンを切った。キーを抜く。近くの茂みに放り込んだ。

ホスピタル・カーに乗り込む。美奈子がエンジンをかける。ゆっくりと、道路に出ていく。

4

「銃砲店が開けそうだな」

と爽太郎。連中から奪った44マグナムと38口径を、車のグローヴ・ボックスに入れた。車はもう、舗装道路を走っていた。追いかけてくる車はない。

「それにしても、まずいな……」

爽太郎が、つぶやいた。

「まずい？」

「……ああ……。標的が、おれと君だということも、この車に乗っているということも、連中にばれている。それは、嬉《うれ》しいことじゃないな……。もちろん、何があっても、君のことは守るが……」

爽太郎は言った。

敵は、たたみかけるように攻撃してきた。

5

翌日。午前11時過ぎ。エサを食べず、ぐったりしている犬がいると無線連絡が入った。爽太郎たちのいる場所から、10マイルぐらいの所だった。美奈子は、行くことにしてセンターに無線を入れた。ハイウェイを走りはじめた。

15分ほど走った時だった。どこかから爆音が聞こえてきた。小さい爆音が、しだいに大きくなってくる。

爽太郎は、車の窓ガラスを開ける。顔を出してみた。一機のセスナが、見えた。100メートルぐらい上空を飛行している。旋回しながら、しだいに高度を下げてくる。

「どうやら、味方じゃないようだな」

爽太郎は、つぶやいた。ステアリングを握っている美奈子の表情にも、緊張が走る。

セスナは、高度を30メートルぐらいに下げてきた。走っている車の上を飛び過ぎた。やがて、ゆっくりと旋回する。

車が走っていく前方。セスナが、高度を下げながら、こっちに向きを変えたのが見えた。

高度を、10メートル前後まで下げた。前方から迫ってくる。

「スピードを落とすな！」

爽太郎は言った。美奈子が、緊張した表情でうなずいた。アクセルを踏んだ。車は、加速する。

前からセスナが迫ってくる。あと100メートル、80、50……。セスナの窓から、細い銃身のようなものが出ているのが一瞬見えた。

車の斜め上空を、セスナは飛び過ぎる。そのすれ違いざま、銃声が響いた。三発、連射してきた。

「ふせろ！」

もう爽太郎は叫んでいた。美奈子は、一瞬、ステアリングに顔をふせる。爽太郎は、上半身をふせた。セスナは、もう飛び去っていた。弾丸は、どこにも当たっていないようだった。

連射できるライフルで撃ってきたのだろう。たまたま、セスナから撃ったので当たらなかったと爽太郎は思った。いくら小型飛行機のセスナでも、それなりに、スピードは速い。こういう攻撃には、あまり向いていないだろう。

爽太郎が、そう思っているうちに、セスナは旋回してきた。今度は、車の後ろから迫ってくる。

「スピードをあげろ！」

と爽太郎。美奈子がアクセルを踏み込んだ。旋回してきたセスナが、車の後方から近づいてくる。高度10メートル、いや、7、8メートル、迫ってくる。あと50メートル。

「ブレーキ！」

爽太郎は叫んだ。美奈子が、ブレーキを踏んだ。ガクッと車のスピードが落ちる。この方が、敵は狙《ねら》いにくいはずだ。

セスナが車を追い抜いていく、その瞬間に、二発、銃声が響いた。左側のサイドミラーが砕け散った。セスナは、高度を上げながら、前方に飛び去っていった。もちろん、また攻撃してくるだろう。

さえぎるもののない平原、幅の広い一本道。

「このままじゃ、やられるな」

爽太郎は言った。また、前方の上空で、セスナが旋回するのが見えた。爽太郎は、車のグローヴ・ボックスを開けた。44マグナムをつかんだ。

「どうするの？」

「あの、うるさいハエを撃ち落とす。車を止めてくれ」

爽太郎は言った。美奈子が、ブレーキを踏む。車のスピードが落ちて止まった。爽太郎は、助手席のドアを開ける。道路におりた。早足で、前方に歩いていく。車から30メートルぐらい先の道路に立った。44マグナムを手に、センターラインの上に立った。

勝算はあった。セスナの機体は、普通、あまり丈夫な素材ではつくられていない。軽量化のためだ。44マグナムの弾丸なら、貫通するだろう。

セスナが旋回を終えて、こっちに向きを変えた。高度を下げながら、向かってくる。あと200メートル……150メートル……100メートル……。

セスナの窓から、銃らしいものが突き出される。あと50メートル、撃ってきた。爽太郎の足もとで、弾丸がはねた。

つぎの瞬間、爽太郎は、横に走っていた。10メートル。全力ダッシュ。そして肩から道路に転がった。まっすぐに飛んでくるセスナ。そのコースの真下に入った。

爽太郎は、道路に仰向けになる。44マグナムを両手でかまえた。いま、セスナが上を通過しようとしていた。爽太郎は、セスナの下腹に向けて三発撃った。その二発は、当たった手ごたえがあった。

素早く、起き上がる。飛び去ったセスナを見た。

セスナが、白く細い煙のようなものを後ろにひいているのが見えた。煙、あるいは、漏れた燃料……。

飛び方も、おかしくなっていた。機体が左右にふらついている。一度、高度を上げた。が、すぐに高度が下がる。コントロールを失いかけているようだった。

やがて、セスナは右に旋回しながら、高度を下げていく。失速しかかっているようだった。

どんどん高度が下がっていく。20メートル……10メートル……5メートル……。

やがて、右に傾いたまま、平原に着地した。が勢いは止まらず、バウンドする。また着地。

低い木々をなぎ倒して、平原を滑っていく。

行く手に太い木がある。セスナの翼が、その幹に当たった。衝突音が響いて、翼が折れた。

さらに20メートルほど滑って、やっと止まった。

「へたくそな着陸だな」

爽太郎は、つぶやく。早足で、車に戻る。

16　もしも、10年後に出会えたら

1

その午後。美奈子は、犬の治療にあたった。一家で犬を三匹飼っている、そのうちの一匹が、ぐったりしていた。ゴールデン・レトリーバーだった。しばらく診察していた美奈子は、

「急性胃炎ね。何か、変なものを食べたんでしょうね。あるいは、汚れた水を飲んだのかもしれないわ」

と言った。飼い主に、説明する。人間で言えば、食中毒のようなもの。しばらく、安静にして様子を見る。明日になってもぐったりしていたら、またセンターに連絡してくれと言った。

そこの家では、ほかにも、ゴールデン・レトリーバーを二匹飼っていた。来たついでに、

美奈子は、ほかの二匹の健康診断もした。二匹のうちの一匹は、まだ成犬ではなかった。なでている犬が、美奈子の顔をなめる。器に入ったエサを食べている犬を、そばで見守っている美奈子。

そんな姿に向けて、爽太郎はカメラを回し続けた。

2

「実はね……」

ステアリングを握って、美奈子が口を開いた。

「きょう、わたしの誕生日なの」

と言った。

「ほう……。それじゃ、盛大に祝おう」

と爽太郎。美奈子は、苦笑い。

「盛大に祝おうにも、ここじゃ、たいしたことはできないわよ」

「それにしても……まあ、とりあえず、いいワインと、何か、ましな食い物だな」

爽太郎は言った。美奈子が、カーナビを見た。

「あと3マイル行くと、ちょっとした町があるわ」

3

彼女が言った通り、そこそこの町があった。車を駐める。まずリカー・ショップに入った。奥の冷蔵ケースにシャンパンがあった。珍しく、ヴーヴ・クリコがあった。それを買う。つぎに、デリカテッセンに入った。惣菜《そうざい》が並んでいた。その中から、いくつか選んだ。ホタテ貝のキッシュ。七面鳥《ターキー》のパテ。などなど……。

4

爽太郎は、シャワーを浴びると、新しいシャツを着た。あい変わらず、拳銃をベルトの後ろに差し込む。自分の部屋を出た。となりのドアをノックした。二回、二回、三回とノックする。美奈子と決めていた合図だった。

ドアが開いた。美奈子は、珍しくスカートをはいていた。デニム地のスカート。上には、白いシャツブラウスを着ている。薄く口紅をつけている。

「バラの花束を持ってくるんだったな」

爽太郎は言った。部屋に入る。いままで泊まったモーター・インの中では、ましな方だった。部屋が、わりに広い。窓ぎわに置かれたテーブルも、大きめだった。テーブルには町で買ってきた惣菜が並んでいた。ベッドサイドの小型スピーカーからは、FMの音楽が低く流れていた。

爽太郎は、冷蔵庫からシャンパンを出す。栓を抜く。モーター・インの食堂から借りてきたグラスに注いだ。テーブルにつき、乾杯した。

「……誰かと過ごす誕生日は、2年ぶりよ」

と美奈子。

「去年の誕生日は、もっと狭いモーター・インで、一人だった……。一昨年《おととし》の誕生日は、モーター・インを見つけられなくて、車の床で寝たわ、毛布にくるまって……。それに比べたら、今年は天国」

と言った。爽太郎は、微笑した。パテを切り、口に入れる。シャンパンを、ひとくち……。

FMが、J・D・サウザーの〈You're Only Lonely《ユア・オンリー・ロンリー》〉を、ゆったりと流している。

「こういう生活の中で、孤独を感じることは?」

と爽太郎。美奈子は、シャンパン・グラスを手にする。ゆっくりと、口をつけた。

「孤独を感じないと言ったら嘘になるわね……。言ってみれば、毎日が孤独かもしれない……。でも、それは、自分で選んだことなんだから、仕方ないわ……」

まったく気負いのない口調で、美奈子は言った。シャンパンを、ゆっくり飲んだ。

「……自分で選んだこと、か……」

爽太郎は、つぶやいた。

「あなたなら、わかってくれると思うんだけど……。こんな危険をおかしてまで、一本のコマーシャルをつくろうとしているあなただったら……」

「ああ……確かに……。おれも、この仕事は好きでやってるし、だから、無茶もやる。危い目にもあう。他人《ひと》から見たら、ただの大馬鹿者かもしれない……」

苦笑しながら、爽太郎は言った。

5

窓の外が、少し薄暗くなってきた。もう、午後9時近かった。爽太郎は、テーブルの上の明かりをつけた。シャンパンは、もう、ほとんど残っていない。美奈子の頬は、かなり紅《あか》くなっていた。出会ってからいままでで、一番飲んだだろう。彼女が、ぽつりと口を開いた。

「……誕生日は嬉しいけど、年をとるのって、やっぱり嫌ね……」

と、つぶやいた。

「アラスカで移動獣医をはじめた頃は、とにかく張りきってたわ……。孤独なんて気にもならなかった……。自分の誕生日なんか、半分忘れてたし、一人で過ごしても平気だったわ……。でも、3年がたったいまは、あなたと、こうしていることで気持ちがいやされてる……。ちょっと救われた気分になってる……。ということは、孤独に耐える力が、時間と共に少しずつ落ちてきてるのかなって気がするわ……」

爽太郎は、うなずいた。

「このハードな生活をしていたら、それは当然かもしれない。車のバッテリーが、しだいに消耗していくように、気力も少しずつ、消耗していくのかもしれない。気づかないうちに、少しずつ……」

美奈子が、うなずいた。

「わたしの気力は、あと何年もつのかしら……。あと5年……8年……10年ぐらいで限界かな……」

「じゃ、その頃、ここへ迎えにこよう」

「この広いアラスカで、わたしを見つけてくれる？」

「……もちろん……」

「ありがとう。そうして再会できたら、わたし、あなたにプロポーズするわ……」

「しかし……その頃になったら、おれも、くたびれた中年になってるかもしれない」

「いいのよ。それはそれで、自然なことなんだから」

と美奈子。

「ハネムーンは、そう……まず、ナイアガラの滝を見物して……ラスベガスでギャンブルをやって……そのあとは、ハワイね……」

「まっ白いリムジーンで、ワイキキのホテルにチェックインか」

「そうそう。おそろいのレイを首にかけて……」

「小さな傘のついてる派手なトロピカル・カクテルで乾杯する？」

「もちろん」

「……いいね」

微笑しながら、爽太郎は言った。美奈子は、左腕をテーブルに置き、その上に、アゴをのせた。テーブルの上で、右手を爽太郎の方にのばしてきた。爽太郎は左手で、彼女の手を握った。二人は、指をからませたまま、じっとしていた。もう何もしゃべらなかった。FMからは、E《エミルー》・ハリスの〈Too Far Gone《トゥー・ファー・ゴーン》〉が流れていた。澄んだ唄声が、切なかった。

6

「オーケイ」

爽太郎は言った。カメラを止めた。午後3時半。ハイウェイを走るホスピタル・カー。運転している美奈子の姿に向けて、カメラを回した。2分ほど回して、終えた。これで、CFに使うカットは、すべて撮った。

その時、無線が鳴った。

「ミナコ、とれるか？　ハリーだ」

という声。美奈子が無線のマイクをとった。

「とれてるわよ、ハリー」

「急患だ。犬がバイクにはねられたらしい。たぶん、ミナコが一番近くにいると思う」

とハリー。急患の出た場所を言った。美奈子は、カーナビを見る。

「そうね、たぶん、40分ぐらいで行けると思うわ」

と言った。

「そうか。行ってくれるか？」

「了解。向かうわ」

と美奈子。ハリーが、犬の飼主の名前を言った。美奈子は、うなずく、車のスピードを少し上げた。

7

「たぶん、あの家ね……」

ステアリングを握って、美奈子が言った。ハイウェイから、一般の舗装道路に入って、15分ほど走る。道路の右側。遠くに一軒の家が見えた。片側一車線の舗装道路から、300メートルほど入ったところだ。砂利《じゃり》を敷いた細い道が、家に向かって続いている。美奈子は、ステアリングを切る。砂利道に入っていく。

やがて、家が近づいてくる。ロッジ風の家だった。周囲は草原だ。家の周囲には、小さな砂利が敷きつめられている。

美奈子は、家の10メートルぐらい手前で、車を駐めた。エンジンを切った。応急手当て用のケースを持って、車をおりようとした。

「本当に、この家でいいのか?」

爽太郎は訊いた。気になった。その家の雰囲気が気になった。ひと気《け》が感じられない。急患の犬がいるなら、近づいてくる車の音で、家から誰かが出てくる。そんな雰囲気が感じられない。窓の一つには、外側から板が打ちつけられていた。

「本当にここか?」

と爽太郎。美奈子は、もう一度、エンジンをかけ、カーナビを見た。

「場所は、ここで間違いないわね……」

と言った。

「ちょっと様子が変だ。用心しよう」

爽太郎は言った。32口径を、ベルトの後ろに差し込む。44マグナムも持って、車をおりた。

美奈子も、自分の拳銃を、ベルトに差し込む。車をおりる。

ゆっくりと、家の玄関に向かって歩いていく。ポーチを二段上がる。美奈子が、玄関のドアをノックした。爽太郎は、44マグナムを握って、斜め後ろに立った。中から、返事はない。

もう一回、ノック。返事はない。

美奈子は、玄関のドアノブに手をかけた。ドアに錠はかかっていないようだった。

「おれが先に入る」

爽太郎が言った。ドアをゆっくりと開ける。拳銃を片手に、家に入った。誰も、撃ってはこなかった。誰も、いなかった。入ったところのリビング・ルームに、ひと気はなかった。ホコリっぽい臭いがした。

「大丈夫だ」

爽太郎は言った。美奈子も、入ってくる。

「空き家だな……」

爽太郎が、つぶやいた。リビング・ルームには、古ぼけたソファー・セットが置かれていた。床にはホコリが、うっすらと積もっている。少くとも、一年以上は空き家だった、そんな空気が漂っていた。

「おかしいわ……。なんの間違いかしら……」

と美奈子。

「いや、間違いじゃなく、罠《わな》かもしれない」

「罠?」

「ああ……、偽《にせ》の連絡を入れて、おれたちをおびき寄せるための……」

と爽太郎。

「とにかく、ここからずらかった方がよさそうだ」

と言った。玄関のドアから出ようとした。その瞬間、銃声が響いた。爽太郎の顔のすぐそばで、木片が散った。爽太郎は、身をひるがえす。家の中に飛び込んだ。

「畜生……」

と吐き捨てる。窓から、そっと外を見た。50メートルぐらい先。この家に向かう砂利道に、一台のステーションワゴンが駐まっていた。男が二人、車の外にいた。二人とも、ライフルらしいものを持っている。車の運転席にも、もう一人いるのが見えた。

「……やっぱりか……」

爽太郎がつぶやいた時だった。男の一人が、ライフルをかまえたのが見えた。爽太郎は、窓から顔を引っこめた。とたんに銃声。鋭い音をたてて、窓ガラスが割れた。美奈子が、小さな悲鳴を上げた。

17　ブルーベリーが食べたかっただけなのに……

1

爽太郎は、もう一つある窓に行った。窓をかすかに開ける。44マグナムを、両手でかまえた。照星を車に合わせる。引き金を、絞った。重い銃声と反動。ステーションワゴンのフロントグラスが砕けたのが見えた。

ライフルを持っている男たちが、あわてて動いた。二人とも車の向こうに隠れる。いちおうの牽制《けんせい》はできた。こっちが、かなり威力のある銃を持っていることが、相手にはわかっただろう。

「電話が通じてないか、いちおう調べてみてくれ」

爽太郎は、窓のわきに体をくっつけたまま美奈子に言った。美奈子は、うなずく。部屋の

すみにある電話のところにいく。受話器をとり、耳に当てた。そして、

「ダメ」

と首を横に振った。爽太郎は、うなずいた。

「……となると、外部への連絡方法は、無線だけか……」

と、つぶやいた。

家の玄関から駐めてあるホスピタル・カーまでは、約10メートル。うまくすれば、たどり着ける距離だ。

「車まで、ひとっ走りしてくる。無事を祈っててくれ」

爽太郎は美奈子に言った。玄関に、そっと歩いていく。呼吸をととのえる。玄関から、ポーチへ走り出した。

とたんに銃声が響いた。走りかけた爽太郎の足もとで木片が散った。顔のすぐそばの壁にも着弾した。木片が飛び散る。爽太郎は、素早く身を伏せる。じりじりと後退……。玄関から、また家の中に転がり込んだ。

「……やつら、かなり性能のいい銃を使ってる……」

と、つぶやいた。連射できるライフルを使っているらしい。その時、

「血……」

と美奈子。アロハシャツを着ている爽太郎の左腕。血が流れている。

「弾が、かすったな……」

と爽太郎。気がつけば、少し痛みがある。美奈子が、救急道具を出す。手当てをはじめた。

腕の皮膚《ひふ》と、肉を少し、弾丸で削られている。美奈子が止血の手当てをはじめていた。

2

「認めたくはないが、やつら、うまい場所を選んだな」

左腕に包帯を巻いた爽太郎が言った。手当てを終えて30分。爽太郎は、家の中を歩き、状況を調べたところだった。

この家は、草原の中の一軒家。家を出たら、身を隠すものはない。

もしかしたら、裏は……。爽太郎はそう思い、裏口を開けてみた。20メートルほど先に、川が流れていた。川幅はそう広くないが、流れが速い。深さもありそうな川だった。見渡す限り、橋はかかっていない。

「逃げ道はないな……」

爽太郎は、つぶやいた。窓ぎわに、ソファーを運んできた。そこに腰かけ、敵の動向を監視していた。敵の方にも、動きはない。やつらにしても、むやみに攻撃してはこれないだろう。

3

「やつら、とことんねばるつもりだな……」

爽太郎は、つぶやいた。敵は、高性能ライフルを少なくとも二丁は持っている。ほかにも銃を持っていることは容易に考えられる。

「こっちは、拳銃が三丁だけだ」

と爽太郎。しかも、44マグナムは、弾丸が一発しか残っていない。二人が一丁ずつ持っている32口径も、弾丸は、拳銃にこめてあるだけだ。予備の弾丸は、車の中だ。

「頼もしい限りだな」

苦笑しながら、爽太郎は言った。左腕が、少し、しびれはじめていた。やがて、

「……もし、望みがあるとしたら……」

美奈子が、口を開いた。爽太郎は、彼女を見た。

「もし望みがあるとしたら、救急医療センターが、異常に気づいてくれることよ」

と彼女。説明しはじめた。移動獣医は、毎日必ず、午前9時頃と、午後5時頃に、センターに連絡をすることになっている。その時に、自分の現在地を連絡する。その連絡で、センターは移動獣医の無事を確認する。と同時に、各獣医のいる地点をチェックしておく。だから急患が出た場合に、できる限り、その近くにいる獣医に連絡をとることができる。

そういう意味で、朝9時と夕方5時の定時連絡は欠かせない。美奈子は、そう説明した。爽太郎は、うなずいた。そういえば、毎日、朝と夕方、美奈子はセンターに連絡していた。

「もう、定時連絡の5時は、とっくに過ぎてるわ」

と美奈子。爽太郎も腕時計を見た。もう、5時40分になろうとしていた。

「誰かからの定時連絡がなかった場合は、センターは、どうするんだ?」

「まず、警察に連絡する。交通事故や何かの災害、事件などに巻き込まれてないかどうか、問い合わせるはずよ」

「……そうか……」

「それから先は、ハリーや、ほかのスタッフが状況に応じて判断することだから、なんとも言えないけど……」

美奈子が言った。

4

「来たな……」

爽太郎は、つぶやいた。午後7時過ぎ。太陽は、だいぶ傾いてきている。草原にも、陰影が出はじめている。やつらが動きはじめた。紺の防弾服のようなものを身につけた男が二人。車の陰から、素早く出てきた。草原に腹ばいになる。

男たちは、腹ばいのまま、じりじりと、前進してくる。予想通りだった。暗くなってしまうと、遠距離から狙える高性能ライフルという連中の武器が、あまり有利でなくなる。明るさのあるうちに、片をつけてしまおうというのだろう。じりじりと、前進してくる。爽太郎は、32口径のシリンダーを開く。こめてある弾丸を確かめる。シリンダーを戻した。その時、

「見て！」

と美奈子の声がした。爽太郎も、窓ぎわに行った。草原に、動くものがある。灰色の大きなかたまりが、ゆっくりと動いている。

熊だった。巨大な灰色の熊が、四つ足で歩いてくる。

「グリズリー……」

美奈子が、つぶやいた。爽太郎も、うなずいた。言うまでもなく、アラスカ最大の熊だ。いまそこにいるのも、体重300キロはあると思えた。灰色の毛に、夕方近い陽射しが光っている。

「あのブルーベリーを食べにきたのよ」

美奈子が言った。指さした。ライフルを持った男たちが伏せている場所の近くに、二、三本の木がはえている。何か、小さな実がついている。

「あれはブルーベリーで、グリズリーの好物なの」

美奈子が言った。息をつめて見守っている。

グリズリーは、ゆっくりと、ブルーベリーの木に近づいていく……。その時、男の一人が、ライフルを持って立ち上がった。何か叫ぶ。車の方に走り出した。逃げだした。

5秒後。もう一人の男も、あわてて立ち上がる。グリズリーとの距離は、ものの20メートル。男は、車に向かって走りかけた。そして一度ふり向く。グリズリーに向かって、一発撃った。そして、また、車に向かって走りはじめた。

弾丸が当たったのだろうか。グリズリーは、男を追いかけはじめた。男は、必死で走る。グリズリーの走るスピードも、相当に速い。

男が、やっと車にたどり着く。車に飛び込み、ドアを閉めた。グリズリーはもう、車の近くまで迫っていた。車の窓から、発砲しはじめた。

「撃っちゃダメ！」

悲鳴のように美奈子が叫んだ。

グリズリーは、撃たれながらも、車に両手をかけた。怒りに燃えたような動作で、車をゆさぶり、押した。何か叫んでいる男たちの声が聞こえた。

車がある道路の両側は、低くなっている。グリズリーは、車を押していく。やがて、車は、道路から転がり落ちた。一回、横転した。腹を上にして止まった。屋根が、潰れかけている。

グリズリーは、道路に座り込んだ。銃弾をうけているようだった。

爽太郎と美奈子は、玄関から飛び出した。全速で走った。グリズリーと車の近くまで走った。

車は、屋根がほとんど潰れている。当然、ドアも開かないようだった。一人の男が、潰れた窓のすき間から顔を出した。顔が血だらけだった。弱々しい声で、

「助けてくれ……」

と言った。爽太郎は、放っておく。

グリズリーは、道路に座り込んでいた。少なくとも、三、四ヵ所から出血していた。灰色

の巨《おお》きな体の、ところどころ、赤黒い血で汚れていた。舌を出し、荒い呼吸をしている。

美奈子が、ゆっくりと、グリズリーに近づいていく……。爽太郎は、〈危険だ、やめておけ〉と言おうとしたが、言ってもムダだとわかっていた。万が一、グリズリーが美奈子を襲った時に対応できるように、44マグナムを右手に握っていた。

美奈子は、グリズリーから1メートルのところまで近づいた。

「大丈夫……。わたしは、撃ったりしないわ」

美奈子は、グリズリーに語りかけた。グリズリーが美奈子を見た。その眼は、丸く、黒曜石のような色で、少し悲しげだった。動こうとはしなかった。美奈子は、さらにグリズリーのそばに近寄った。銃創《じゅうそう》と出血の程度をざっと見る。

「早く病院に運ばなきゃ」

と言った。ポスピタル・カーの方に走ろうとしかけた。無線連絡するためだろう。

その時、爆音が聞こえた。爽太郎と美奈子は、空を見上げた。一機のヘリが、近づいてくるのが見えた。ヘリは、ぐんぐん高度を下げてくる。機体の下に、大きく〈POLICE《ポリス》〉と描《か》かれているのが見えた。6人ぐらい乗れそうな大きさのヘリだった。

ヘリは、50メートルほど離れた草原に着陸した。バラバラと男たちが飛び出してきた。SWATのようなスタイルで小銃を持った男が三人。スーツ姿の男が一人。そして、ジャンパー姿のハリーだった。走ってくる。

「ミナコ！　無事だったか⁉」

とハリー。美奈子は、うなずく。

「くわしいことは、あとで説明するわ。このグリズリーを一刻も早く病院へ。ライフル弾を数発うけているわ」

と彼女。ハリーは、うなずく。持っている携帯の無線機で話しはじめた。

「……ああ、体重600ポンドぐらいのグリズリーだ。かなり出血してる。……1秒でも早く頼む」

と言った。無線での交信を終える。

「アンカレッジじゃ遠すぎる。近くのフェアバンクスからヘリを飛ばしてもらった。そのまま、フェアバンクスの病院へ運ぶ」

とハリー。美奈子に言った。フェアバンクスは、アラスカ第二の都市だ。美奈子が、ほっとした表情をした。

スーツ姿の男が、爽太郎に近づいてきた。四〇歳ぐらいの白人だった。

「FBIアンカレッジ支局のギンズバーグです」

と言った。爽太郎は、すでに、その関係の人間だろうと感づいていた。質のいいスーツの下、わきの下に拳銃を吊《つ》っているのがわかる。

「このところ、前科のある、シンジケートの人間が、やたらアンカレッジ空港におりているので、われわれは警戒態勢をとっていたんだ。そこへ、ハリーから緊急連絡が入ってね」

とギンズバーグ。ハリーが話を引き継ぐ。

「ミナコからの定時連絡がないんで、調べたんだ。そしたら、急患が出たというその家は、もう2年前から人が住んでいないんだ。これは何かの事件に巻き込まれたと考えて、当局に連絡をとった。まあ、そういうわけで」

とハリーが話しているうちにも、ヘリの音が聞こえてきた。赤十字マークをつけたヘリが、高度を下げてくるのが見えた。

5

グリズリーは、麻酔をかけられ、止血手当てをうけた。美奈子も手伝う。やがて、グリズリーは大きな布製の担架にのせられた。大きな野生動物の多いアラスカだけに、こういう担架が用意されているのだろう。担架にのったグリズリーの体が、ベルトで固定される。やがて、ヘリが、担架を吊ってゆっくりと上昇しはじめた。担架も、浮き上がる。どんどん上昇していく。フェアバンクスの方に向けて飛んでいく。爽太郎と美奈子は、じっと、それを見送っていた。無言だった。

18　最後に、NG

1

　翌日。午前9時半。爽太郎と美奈子は、フェアバンクスの動物病院にいた。人間のための病院のような立派な病院だった。いまも、事故に遭ったらしいカリブーが運び込まれてきた。

　きのうのグリズリーは、すぐに手術と手当てをうけたという。幸い、弾丸は急所をはずれていたらしい。一命はとりとめたという。爽太郎と美奈子は、グリズリーを見にいった。

　毛皮を敷かれた部屋に、グリズリーは横たわっていた。あちこちの毛が刈られ、いまは包帯が巻かれている。麻酔が効いているらしく、グリズリーは眠っていた。

「3ヵ月ぐらいで完治するそうよ。そうしたら、また、野生に戻されるらしいわ」

　美奈子が言った。爽太郎は、うなずいた。二人で、しばらくの間、グリズリーを眺めていた。

2

軽く、ハンバーガーを食べたあと、フェアバンクスを出発し、アンカレッジに向かった。爽太郎は、間もなく日本に帰る。美奈子も、しばらくアラスカを離れるという。休暇、それと安全のために、しばらくの間、フロリダにいる友人のところに行くという。獣医学科で同級生だった白人の女友達が、フロリダで、開業しているらしい。〈2、3週間、暖かいフロリダで休養してくるわ〉と美奈子は言った。

フェアバンクスから15分も走ると、もう、周囲は平原だった。ルピナスの花が咲く平原だった。

「そうだ、ちょっと車を停めてくれ」

爽太郎は言った。美奈子は、ブレーキを踏む。やがて、車は、路肩に駐まった。爽太郎は、ビデオカメラを手に、車をおりた。美奈子を手招きした。美奈子も、車をおりてくる。

「フィルムが、10分ぐらいあまってるんだ。鎌倉の親父さんと弟に、何かメッセージを」

と爽太郎。美奈子を、道ばたに立たせ、カメラを向けた。背景は、美しい平原。そして、遠くに、雪をいだいた山並みが見える。美奈子は、ちょっと緊張した表情で、立っている。

「いつでもいいぜ」

カメラをかまえた爽太郎は言った。美奈子は緊張した表情のまま、カメラを見た。口を開こうとしている。爽太郎は、カメラを回しはじめた。

「……お父さん……優季……」

美奈子は、カメラを見て、話しはじめた。けれど、そこで言葉につまる……。結んだ唇が、小刻みに震えている。やがて、美奈子は、カメラに背を向けた。その肩が、震えている。やがて、美奈子は、カメラに背を向けた。その肩が、震えている。泣いているらしい……。爽太郎は、カメラを止めた。
3、4分で、彼女は泣きやんだ。爽太郎の方を向き、
「いまのは、NG」

と言った。爽太郎は、うなずいた。美奈子は、右手で、目尻にこぼれた涙をぬぐっている。爽太郎は、無言でいた。へたな言葉は、かけない……。5分ほどで、彼女の表情が、もとに戻った。

「今度は、大丈夫」

と言った。その表情が、晴れている。爽太郎は、彼女に、カメラを向けた。美奈子は、深

呼吸——。爽太郎に、うなずいた。爽太郎は、カメラを回しはじめた。彼女は、まっすぐカメラを見た。しっかりとした声で、話しはじめた。

「……お父さん……優季……わたしは、とっても元気でやっています……」

平原を、風が吹いた。おだやかな風が、吹き抜けていく。風は、草の匂いがした。ひんやりと涼しかった。ルピナスの青い花が、揺れている。美奈子が髪に結んでいる黄色いバンダナが、揺れている。

アラスカの、短い夏が、終わろうとしていた。

あとがき

彼女を見かけたのは、アラスカだった。

その頃、僕はまだ小説を書いていなかったと思う。広告制作の仕事を、楽しんでやっていた、そんな頃だ。ダウンウェアの広告キャンペーンで、アラスカ・ロケに来ていた。

季節は、7月。この小説と同じ時期だ。遠くの山なみには、白い雪が残っている。けれど、平原には、ルピナスという青い花が咲いていた。アラスカの短い夏だった。

僕らは、毎日、移動しながら撮影を続けていた。そんなある日の昼過ぎ。僕らは一軒のレストランに入ろうとしていた。フェアバンクスに近い、平原の中のレストランだ。広い駐車場があり、何台かの車が駐まっていた。

ロケバスをおりた時だった。僕は、一人の白人女性に気づいた。彼女はトラッカー、つまり大型トラックのドライバーだった。アメリカ、特にアラスカでは、女性トラッカーは多い。

その彼女は、巨大なトラックのそばにいた。三〇歳ぐらいだろうか。なかなか整った横顔だった。けれど、ノーメイク。口紅もつけていない。長い脚に、ストレート・ジーンズ。上には、Gジャンを着ていた。

彼女は、トラックのそばに、かがみ込んでいた。何か、オイル漏《も》れか、水漏れを調べているような雰囲気だった。

その時、風が吹いた。草原を渡ってきた柔らかい風が、駐車場を吹き抜けた。トラックのそばにかがみ込んでいる彼女の金髪が揺れた。金髪の一部が、風に吹かれて顔にかかった。彼女は、右手で、そっと、顔にかかった髪をかきあげた。

その動作が、右手の指の動きが、女らしかった。本人はまったく意識していないのだろうが、女性ならではの動作だった。僕は、心の中で、シャッターを切っていた。彼女のその一瞬を、自分の中のフィルムにやきつけていた。

大型トラックのドライバーという仕事。男っぽいGジャンスタイル。そんな中で、ふと見せた一瞬の女らしさ……。正しく表現すれば、無意識のうちに、ふと、のぞかせてしまった女らしさ……それが、僕にとって印象的だったのだろう。

今回、小説のヒロイン、獣医の橘美奈子を描きはじめた時、僕の中では、その女性トラッカーのイメージが、ダブっていた。

動物たちへの愛だけを胸に、アラスカの大地を駆けるヒロインは、一見、男まさりの強さを感じさせる。けれど、それは、外に着ているぶ厚いコートのようなものだ。その中には、女性らしい心、そして、寂《さび》しさや弱さが隠《かく》されている。僕は、このヒロインを、血の通った、リアリティのある人物像として描きたかったのだ。

このリアリティに関しては、ヒロインの人物像だけではない。小説全体に言える。

この流葉シリーズを再スタートした第1作『三十秒のラブ・ソング』のあとがきで、僕はこう書いている。〈本当にありそうなストーリーにしたかった〉。そして、〈大人でも楽しめる余韻の残る小説にしたかった〉と……。

再スタート6作目にあたる今回の小説では、作者のそんな思いが特に強くあらわれている。物語のスケールは大きくなったけれど、それが絵空事にならないように気をつかいながら、楽しんで書き終えることができた。

いずれにせよ、流葉爽太郎は、あい変わらずクールに、ニューヨーク、ロス、アラスカと駆けめぐる。このシリーズ6作目が、グラス一杯のジン・トニックのように、読者のあなたを楽しませ、元気づけられれば、作者としては嬉しい。

僕の船〈マギー・ジョー〉では、一緒にカジキ釣りをする仲間を募集しています。①基本的に男性。②何より海が好き。③あまり船酔いしない。④冒険が好き。そんな人を歓迎します。釣りの経験はなくてもOKです。希望者は、このあとがきの後にあるファン・クラブの事務局まで連絡をください。

釣りといえば、J.G.F.A.（ジャパン・ゲームフィッシュ協会）です。僕らは、カジキ釣りのシーズンが終わった10月中旬、細いラインでメジマグロ（クロマグロの子供）を釣り、日本記録への認定を申請しています。こういうスポーツ・フィッシングならではの楽しみに興味がある人は、ぜひゲームフィッシュ協会に問合せしてみては？（J.G.F.A.問合せ——TEL　03・5423・6022／FAX　03・5423・6023）

いつも僕の船の面倒を見てくれている葉山マリーナ、そしてサービスセンター葉山の皆さん、お世話さまです。いつもながら、筆が遅い作者に根気よくつき合ってくれた光文社文庫の藤野哲雄さん、お疲れさまでした。

最後に、この本を手にしてくれたすべての読者のあなたに、サンキュー！　また会える時まで、少しだけグッドバイです。

秋風吹く葉山で　喜多嶋　隆

〈喜多嶋隆ファン・クラブ案内〉

〈芸能人でもないのに、ファン・クラブなんて〉とかなり照れながらも、熱心な方々の応援と後押しではじめたファン・クラブですが、はじめてみたら好評で、もう発足して7年になります。このクラブのおかげで、読者の方々とのふれあいが出来るようになったのは、僕にとって大きな収穫でした。

〈ファン・クラブが用意している基本的なもの〉

①会報――僕の手描き会報。カラーイラスト入りです。近況、仕事の裏話、ショート・エッセイ、サイン入り新刊プレゼントなどの内容が、ぎっしり入っています。

②『ココナッツ・クラブ』――僕がこのために書いた短編小説を、プロのナレーターに読んでもらい、洒落たBGMをつけた30分のプログラムです。カセット・テープとCDの両方を用意してあります。エンディング・テーマは、僕が仲間とやっているバンド〈キー・ウエスト・ポイント〉が演奏します。プログラムの最後に、僕自身がしばらくおしゃべりしています。

③ホーム・ページ――会員専用のHPです。掲示板、写真とコメントによる〈喜多嶋隆プ

ライベート・ダイアリー〉などなど……。ここで仲間を見つけた人も多いようです。

さらに、
★年に2回は、葉山マリーナなどでファン・クラブのパーティーをやります。2、3ヵ月に1度は、ピクニックと称して、わいわい集まる会をやっています（もちろん、すべて、喜多嶋本人が参加します）。関西はじめ、地方でも、本人参加のこういう集まりをやるつもりです。
★当分、本になる予定のない仕事（たとえば、いろいろな雑誌に連載しているフォト・エッセイ）などを、出来る限りプレゼントしています。他にも、雑誌にショート・ストーリーを書いた時、インタビューが載った時、FMなどに出演した時などもお知らせします。
★もう手に入らなくなった昔の本を、お分けしています。
★会員には、僕の直筆によるバースデー・カードが届きます。
★僕の船〈マギー・ジョー〉による葉山クルージングという企画を春と秋にやっています。
★僕の本に使った写真をプリントしたTシャツやトレーナーを毎年つくっています。
※その他、ここには書ききれない、いろいろな企画をやっています。興味を持たれた方は、お問合せください。くわしい案内書を送ります。

会員は、A、B、C、3つのタイプから選べるようになっていて、それぞれ月会費が違います。

A――毎月送られてくるのは会報だけでいい。
〈月会費　600円〉

B――毎月、会報と『ココナッツ・クラブ』をカセットテープで送ってほしい。
〈月会費　1500円〉

C――毎月、会報と『ココナッツ・クラブ』をCDで送ってほしい。
〈月会費　1650円〉

※A、B、C、どの会員も、これ以外の会員としての特典は、すべて公平です。

※新入会員の入会金は、A、B、C、に関係なく、3000円です。

くわしくは、左記の事務局に、郵便、ＦＡＸ、Ｅメールのいずれかでお問合せください。

住所　〒２４９－０００７　神奈川県逗子市新宿３の１の７〈喜多嶋隆ＦＣ〉
ＦＡＸ　０４６・８７２・０８４６
Ｅメール　coconuts@jeans.ocn.ne.jp

※お申込み、お問合せの時には、お名前と住所をお忘れなく。なお、いただいたお名前と住所は、ファン・クラブの案内、通知などの目的以外には使用しません。

光文社文庫

文庫書下ろし／ＣＦギャング・シリーズ

ただ、愛《あい》のために

著者　喜《き》多《た》嶋《じま》隆《たかし》

2005年11月20日　初版1刷発行

発行者　篠原睦子
印刷　萩原印刷
製本　関川製本

発行所　株式会社　光文社
〒112-8011　東京都文京区音羽1-16-6
電話　(03)5395-8149　編集部
8114　販売部
8125　業務部

ISBN4-334-73972-5　Printed in Japan

お願い　光文社文庫をお読みになって、いかがでございましたか。「読後の感想」を編集部あてに、ぜひお送りください。

　このほか光文社文庫では、どんな本をお読みになりましたか。これから、どういう本をご希望ですか。

　どの本も、誤植がないようつとめていますが、もしお気づきの点がございましたら、お教えください。ご職業、ご年齢などもお書きそえいただければ幸いです。当社の規定により本来の目的以外に使用せず、大切に扱わせていただきます。

光文社文庫編集部

光文社文庫　好評既刊

サヨナラには早過ぎる　喜多嶋　隆
たとえゴールが遠くても　喜多嶋　隆
15秒の奇跡　喜多嶋　隆
紫の悪魔　響堂　新
隕石誘拐　宮沢賢治の迷宮　鯨　統一郎
九つの殺人メルヘン　鯨　統一郎
鳩が来る家　倉阪鬼一郎
呪文字　倉阪鬼一郎
殺意の爪　小池真理子
プワゾンの匂う女　小池真理子
うわさ　小池真理子
「少年」傑作集第一巻　鉄腕アトムほか　光文社文庫編
「少年」傑作集第二巻　鉄人28号ほか　光文社文庫編
「少年」傑作集第三巻　ストップにいちゃんほか　光文社文庫編
「少年」傑作集第四巻　矢車剣之助ほか　光文社文庫編
「少年」傑作集第五巻　忍者ハットリくんほか　光文社文庫編
「少年」傑作集　小説・絵物語篇　光文社文庫編

スノウ・グッピー　五條　瑛
残照　小杉健治
未明の悪夢　谺　健二
恋霊館事件　谺　健二
赫い月照　谺　健二
回想の江戸川乱歩　小林信彦
日本沈没（上・下）　小松左京
旅する女　女シリーズ完全版　小松左京
日美子・太宰府の神秘　斎藤　栄
日美子・マリーゴールドの失踪　斎藤　栄
日美子・天の橋立の殺人　斎藤　栄
燃える密室　斎藤　栄
二階堂警視の呪縛　斎藤　栄
二階堂警視の火魔　斎藤　栄
二階堂警視の暗黒星　斎藤　栄
二階堂ファミリーの悲劇　斎藤　栄
横浜殺人結婚式　斎藤　栄